梅里克家族

农场疑云

（美）弗兰克·鲍姆 著

郑榕玲 译

企业管理出版社

图书在版编目（CIP）数据

农场疑云 / (美) 鲍姆著; 郑榕玲译.
—北京：企业管理出版社，2015.12

ISBN 978-7-5164-1168-1

Ⅰ.①农… Ⅱ.①鲍…②郑… Ⅲ.①儿童文学—长篇小说—美国—近代 Ⅳ.①I712.84

中国版本图书馆CIP数据核字(2015)第313107号

书　　名：	农场疑云
作　　者：	弗兰克•鲍姆
译　　者：	郑榕玲
责任编辑：	韩天放　尤　颖
书　　号：	ISBN 978-7-5164-1168-1
出版发行：	企业管理出版社
地　　址：	北京市海淀区紫竹院南路17号
邮　　编：	100048
网　　址：	http://www.emph.cn
电　　话：	总编室（010）68701719　发行部（010）68414644
	编辑部（010）68701292
电子信箱：	80147@sina.com
印　　刷：	北京宝昌彩色印刷有限公司
经　　销：	新华书店
规　　格：	145毫米×210毫米　32开本　6.375印张　143千字
版　　次：	2016年3月第1版　2016年3月第1次印刷
定　　价：	26.00 元

版权所有　翻印必究·印装有误　负责调换

目　录

第 一 章　约翰的农场…………………………001
第 二 章　中介商………………………………010
第 三 章　梅尔维尔的好消息…………………015
第 四 章　埃塞尔布置农场……………………028
第 五 章　有钱老爷一家驾到…………………036
第 六 章　佩吉的账单…………………………048
第 七 章　露易丝发现神秘事件………………057
第 八 章　女教师小姐…………………………063
第 九 章　圣人的生活…………………………073
第 十 章　扑朔迷离……………………………081
第 十一 章　三个业余侦探……………………089
第 十二 章　引麦克纳特上钩…………………099
第 十三 章　五金店老板鲍勃·韦斯特………107
第 十四 章　少校的困惑………………………113
第 十五 章　神秘的隐居者……………………118
第 十六 章　推断………………………………126
第 十七 章　听约瑟夫讲"大麻烦"…………133
第 十八 章　上锁的柜子………………………140
第 十九 章　斯其姆·克拉克要献殷勤………149
第 二十 章　失败的追求行动…………………155
第二十一章　设下陷阱…………………………163

第二十二章　请君入瓮……………………………172
第二十三章　韦斯特的解释…………………………178
第二十四章　佩吉复仇记……………………………184
第二十五章　终于等到了好消息……………………193

第一章　约翰的农场

"说起来，我是怎么就好端端地得了一座农场呢？"正在喝汤的约翰停下来问道，一面疑惑地望着坐在对面的道尔少校。

"说来也是机缘巧合啊，我亲爱的先生，"少校镇定自若地答道，"说到底，帮您打理些您无暇亲自处理的事务，也就是借钱给那些个急需一笔钱创业的年轻人，正是我的职责。"

"约翰舅舅，您真的一直在借钱帮助别人吗？"帕特丽夏·道尔小姐听到父亲和舅舅的对话十分惊讶，不禁问道。帕特丽夏喜欢别人叫她帕琪，此时她就坐在两人中间，时刻注意着两人的反应。

"少校先生说是，那就是了。"约翰答道，语气干巴巴的。

"真是这么回事，"道尔少校说。"我清楚得很，光是去年，他就已经帮六七十个年轻人创业了。约翰借给他们的钱从一千美元到三千美元不等。要说，这算是我听说过的最慷慨，也是最浪费钱的慈善活动。"

"可是我听了很开心！"帕琪兴奋地叫起来，边说边拍手，"能帮助年轻人实现梦想，这是做好事。要知道好多年轻人就是因为没有资金，才碌碌无为的。"

"其实不少人不管怎样最后都成不了事。"少校一边说，一边摇了摇头，他的头发已经灰白了，"约翰帮过的那些人，有一多半最后一事无成，借给他们的钱也打了水漂。"

"我可是告诉过你，要帮就帮那些值得帮的人。"约翰皱着眉头对他的妹夫说。

"可我又怎么才能知道哪些值得帮，哪些不值得帮呢？"道尔少校也气呼呼地说，"您难道想让我充当侦探，或者雇私家侦探，去跟踪您那些看走了眼的资助对象吗？我也只能自己判断一下，碰运气罢了。然后要是哪个不成器的家伙赔了，损失的钱还不是都从您账户里出。"

"可是总会有人最后成功了吧？"帕琪轻声问道，想要缓和一下气氛。

"有些的确成功了。"约翰·梅里克道，"这么一来，别的麻烦事也算值当了。"

"您说是您的麻烦，先生？"少校不满道，"您应该说是我的麻烦吧？好吧，损失的钱是您的倒没错，可那座讨厌的农场的确给我闹出了不少烦心事。"

"农场怎么了？"约翰反问道。约翰长着张圆脸，是个百万富翁。只见他往椅子背上一靠，然后紧紧盯着少校说，"我雇你还不就是为了处理好这些事。"

"好了好了，先生们！"帕琪叫起来，认认真真地说，"我可不喜欢在餐桌上谈论生意，你们可是知道我的规矩。"

"这可不是生意。"少校纠正道。

"就是，当然不是生意，"约翰表示同意，语气很温和，"咱可不是做生意得到这座农场的。那么少校，这究竟是怎么回事来着？"

道尔少校已经把刚才的不满丢到脑后了。其实，少校总是固执地和他的富豪老板兼大舅子争个不停，是为了防止自己彻底臣服于对方，从尊敬和欣赏沦为彻底的崇拜。这一点，少校私底下经常毫无保留地告诉帕琪。约翰·梅里克的确是个百万富翁，但是有的情形下又完全不像个百万富翁，（这在本书第一部《遗产风波》中已有交待。）一直以来，约翰都一头埋在工作中，无暇注意自己的财富在不知不觉中已经积累了起来，后来也是偶然才发现他已经富甲一方了。紧接着，约翰就退休了，好"给别的伙计也留点机会"。然后，约翰就把精力投入到了慈善事业中，外加陪三个侄女消磨时光。正是约翰帮道尔少校和他的女儿帕琪从困窘中解脱出来，并让道尔少校在大银行艾沙姆—马文公司谋了个职位，而约翰的大多数财产正是由这家银行打理的。他还送给帕琪一套位于威林广场3708号的小公寓，而他自己也搬来一同住。这么一来，大家就都知道，帕琪是约翰的几个侄女中他最喜欢的一个了。

约翰·梅里克60岁了，矮胖矮胖的，一头白发，长着一张圆脸和一对温和的蓝眼睛，脸上总是挂着愉快的笑容。约翰没有什么嗜好，为人谦和，也不怎么喜欢交际。虽然约翰没接受过高等教育和上流社会的高雅熏陶，但是在现实社会中的摸爬滚打，使他精明老练。约翰发现，自己最大的兴趣所在就是自己的家庭圈子，喜欢自家人能常聚在一起。约翰已经不再忙生意，早就厌倦了生意场上的大小事务，所以把财产交给银行管理，并把自己的必要工作交给了妹夫道尔少校，自己则努力享受生活。不过约翰享受生活的方式与他的地位和财富似乎不符——既不张扬，还有点孩子气。另外，约翰尽管一把年纪，却至今未婚。

帕琪是约翰的掌上明珠、父亲的心头肉。如果一个陌生人坐在帕琪对面，看着眼前这个穿着朴素薄纱连衣裙的姑娘，可能会奇怪她为什么这么讨人喜欢。帕琪一头红发，脸上的雀斑也不少,鼻子不够挺,嘴巴还有点宽。但是她那对蓝眼睛非常漂亮,像会说话似的,闪烁着古灵精怪的顽皮和善解人意的光彩,为这张脸增添了难以言说的魅力。

每个人都喜欢帕琪。比起一张更漂亮但缺乏魅力的脸,人们更愿意盯着帕琪微笑的嘴角和灵气十足的眼睛多看一会儿。她已经快十七岁了,个子不高,身材匀称。

"前一阵子呢,"少校一边继续刚才的话题,一边切烤面包,"一位年轻伙计找到我,说他发明了一种新的橡胶轮胎打气筒,需要资金申请专利,好让他的打气筒在市场上销售。约翰,这东西看起来还像那么回事,所以我就从你的钱里拿了一千美元借给他了。"

"听着不错。"约翰点头答道。

"但是很快,他就带着坏消息回来找我了。他遇上了麻烦,另一个家伙想和他抢专利,拼命地想把他挤走。而要反击,则需要很多钱,少说也得三千块。但这孩子究竟还是考虑得比较周到。他父亲给他在梅尔维尔留下了一座小农场。他也说不上值多少钱,不过农场好歹有六十英亩[1]土地,还有几幢不错的宅子。他说愿意用农场作抵押再借三千美元。"

"所以你就借钱给他,然后接受了农场?"

"没错,先生。也许是我不对,但是那个年轻人的模样着实招人喜欢。小伙子很精干,也很诚恳,一心相信他的打气筒能成功。所以在他最困难的时候,我索性又借给他一千块,总共借给他五千美元。"

"然后呢?"

"然后钱就有去无回啦。这下农场是你的了。我们这位年轻朋友,对了,他叫约瑟夫·韦格,斗不过他的竞争对手。对方太狡猾了,抢走了他的专利。"

"真是太可怜了!"帕琪同情地说。

少校咳嗽了一声。

"亲爱的,这种事经常发生,尤其是约翰借钱给人的时候,"少校回答道。

"那个年轻人后来怎么样了?"帕琪问。

"小伙子是个好司机,所以给人开车去了。"

"梅尔维尔在哪?"约翰问,一副若有所思的样子。

"我觉得好像在纽约州北边的什么地方。"

"你有没有调查一下那个农场?"

"我找到一个梅尔维尔当地的房地产商,给他写了封信询问韦格农场的情况。他回信说,如果有人非要买,也能卖个三千美元。"

"嗯……"

"虽然说是这么说,但他的意思其实是压根没人买。"

帕琪哈哈笑起来。

"可怜的约翰舅舅!"她笑着说。

不过约翰此时却神情严肃。他一边吃,一边若有所思。过了好一会儿,他脑子里冒出一个有趣的念头。

"很多年前,"他开腔道,"我住在乡下,那是一座很小的镇子,我爱极了那里的青草香和蜜蜂飞来飞去的果园。少校,我这座农场有果园吗?"

"还不清楚,先生。"

"很快就会有的,"约翰继续说,"纽约到了夏天热得要命,我们得找个地方避暑啦。"

"海边就不错啊，"少校说，"我们可以去大西洋城，或者斯瓦姆斯科特也不错，要么……"

"得了吧！"约翰不耐烦地说，"我和孩子们刚从欧洲回来，看海已经看够了。现在我们想要体验一下乡村生活——新鲜的牛奶、苹果树和新割好的牧草。"

"您说'我们'？"帕琪问道。

"没错，亲爱的。在农场生活几个月，对我的宝贝姑娘们是有好处的。你也知道，贝丝还和露易丝在一块，俩人肯定对城市生活厌烦了。这座农场来得正是时候，而且天最热的时候，少校还可以来看我们，住俩星期。这么一来大家都可以享受一个轻松愉快的假期了。"

"我们还可以带上玛丽给大家做饭呢。"帕琪兴奋地提议。

"吃的时候就和乡下人一样，穿着简单的粗布衬衫！"约翰开心地说，

"还可以养牛、养猪！"帕琪乐坏了。

"切，说得好像是座正经农场似的，其实这地方根本没人要。"少校不屑地说。

约翰似乎又冷静了下来。

"农场有人住吗？"约翰问道。

"我觉得没有。在过去几年里，那地方已经破败不堪了。"

"那么还能整修重建吗？"

"也许可以，只不过要再花一笔钱，这么一来您的损失就更大了。"

"那不重要。"

"如果您想体验乡下生活，为什么不租一座像样的农场呢？"少校不解地问。

"不行。这座农场已经是我的了，那么我就有责任去住。"约翰固执地说，"你明天就给梅尔维尔的那位搞房地产的老兄写信，告诉他把农场翻修好，收拾得井井有条，越快越好。让他再买些奶牛、猪、鸡，然后雇个人看着。再买一匹马、一架轻便的马车，另外再买几匹用来骑的马……"

"且慢，约翰，最好不要把这活交给乡下的房地产商。如果我没记错，这位老兄写的信比大字不识几个的铁匠写的好不了多少。要是你想要马和马车，就派人找些好的，另外再找一个马夫，一并给你派去，这样可靠得多。只不过我不确定农场的地方够不够大。"

"舅舅！"帕琪急切地说道，"不要把那些奢侈的东西带过去吧，就让我们享受简简单单的农场生活，别让城里的这些玩意毁了乡下的魅力。奶牛和鸡没什么，但是在我们下乡之前不要送马过去。您知道的，亲爱的舅舅，动静要是弄得太大，肯定就需要许多仆人；而仆人一多，需要操心的麻烦事也就多了。我想在奶牛们哞哞叫的时候喂它们，还想自己动手给它们挤奶。"

"挤奶这活得熟练的挤奶工才能干好。"少校反对道。

"不过帕琪说得对，"约翰坚定地说道，"我们不需要摆那些花架子。你只要告诉你的人，把那块地方收拾好，能住就行了。"

"要我说啊，"少校语气缓和了些，赞赏地看着女儿继续说道，"帕琪这小脑袋里装的点子比咱俩加起来都多呢。"

"要是她脑瓜里东西还不如你多的话，那往里边点支蜡烛都能当灯笼用了。"约翰坏笑着揶揄道。

注释：
[1]1英亩约等于4067平方米。

第二章　中介商

第二章 中介商

第二天早上，一到办公室，少校就找出了那个房地产中介之前写的回信。信头部分已经有点字迹不清了，看样子是墨水用得太多造成的。只见信上写道：

马歇尔·麦克马洪·麦克纳特
房地产中介商兼牧马商
按周或按月收费
另兼做普利茅斯芦花鸡生意以及公路专员
莱德利的书《圣人的生活》的经销商
特别专长：保险和西瓜生意
纽约州蒙特郡梅尔维尔

少校边看边摇头，怀疑这个房地产中介到底靠不靠谱。可是没办法，他只能找到这么个人来执行约翰·梅里克的指令。因此他别无选择，拟出下面这封信：

亲爱的先生：

约翰·梅里克先生是梅尔维尔的韦格农场现在的主人。他希望这个夏天能在农场度假，因此需要你将房屋和土地尽快修整、收拾好，然后直接和我联系。房屋必须彻底清扫干净，周围的草坪要剪好。如果需要，谷仓和其他建筑也要修整好。另外，我们还需要您为梅里克先生准备一头奶牛，几头猪，以及十来只家禽。由于同行的还有几位女士，梅里克先生要求您告诉他还需要哪些家具，好让她们在农场住得舒服。把账单寄给我即可，很快会给您回复的。

过了几天，对方回信了。内容如下：

道尔先生，我看你是疯了，不如先给我五十块钱证明一下诚意，然后我再看看我能帮上啥忙。现在老哈克斯还在那地儿住着呢，你要我把他赶走吗？此致，保证好买卖的马歇尔·麦克马洪·麦克纳特。

少校一边给约翰展示这封信一边说："我说约翰，你这条路走不通啊。这位老兄说得对，咱们的确是疯了。我看你还是趁早打消这个念头，想些别的事来麻烦我好了。"

可是这位韦格农场的新主人却异常固执。在过去的一星期里，约翰暗中购买了许多各种各样的东西，而且货都已经发了，送到离梅尔维尔最近的一个叫做沙齐口的火车站。这么一来，约翰就觉得已经没有退路了。他买的那一大堆东西差不多已经在农场等着他了。如果这时候放弃，就等于浪费。这批东西包括一整套园艺工具、几张吊床、槌球和网球用具，外加一套做工精良的渔具。这套渔具号称可以钓到水里游的任何东西，管它是鲸鱼还是鲦鱼，都逃不掉。另外，约翰还打算要穿得像个乡下绅士，他让裁缝量身订做了一套灯芯绒的行头，准备钓鱼的时候穿，还做了一套白色法兰绒西装、一套卡其布西装，以及几条老式的牛仔布工装裤，还是带背带的那种。而这些衣服是由一位有名的裁缝精心缝制的，一套就要花十八美元左右。因此，放弃农场，就等于要放弃这一切，而约翰实在不想牺牲这些东西。他一不做二不休又买了一架漂亮的竖台小钢琴运往沙齐口，准备给帕琪弹。这么一来，就等于把这事敲定了。想让约翰放弃在他自己的农场享受、避暑的机会，连门儿都没有。

"把信给我，少校，这事就交给我吧。"约翰说。

少校舒了口气，就把事情交给约翰处理了。

约翰立刻给中介商发了一张五百美元的汇票，一并附上农场整修的详细说明，好让他们能够尽早入住。

"如果老哈克斯能在农场帮上忙，而他又是单身的话，就让他先住着，等我到了见了面再说。"约翰写道，"如果他有老婆孩子，就让他搬走吧。我相信你的判断，也相信你的品味。请你查看一下房子里的家具，发电报告诉我家具的情况如何。房子里的一切设施都必须弄得温馨、舒服。另外我还是希望不要弄得太俗气、太华丽为好。"

这次的回应是一封很有这位中介商个人特色的电报：

"家具破破烂烂，别的也一样。我尽量收拾好。麦克纳特。"

约翰没有把这封叫人失望的电报给帕琪和她的父亲看。他稍微想了想，决定只要在他力所能及的范围内，就自己解决这一不利情况。约翰走访了一家大型公司，公司的专长就是为房屋置备完整的家具。他订购了一整套新厨房家具，包括一套新式橱柜，另外还有一套美国传统风格的家具准备放在餐厅。给他自己、少校，以及三个侄女住的房间里则配备了漂亮的夏季家具。此外，约翰还买了好几把各式各样的长凳、椅子等，用来放在草地上。

"一定要看清楚细节，如果一样东西非常好看或者非常实用，那么就不要错过。"约翰对卖家说。

"不会的，先生。"对方答道。他很清楚，眼前的客户就是大名鼎鼎的约翰·梅里克。如果约翰愿意，即使给整个镇子的房子都配齐家具也不在话下，根本不用担心费用问题。

很快，所有东西都送到了指定的车站。约翰这才给麦克纳特写信，让他安排把东西都送到农场并安置妥当。

"一切准备就绪后，差不多就可以给我发电报了，然后我会亲自过去。但是不要让草长得超过一英尺高。希望你能立即按照要求去做。我很看重这一点。"约翰写到。

天气已经热得叫人有点不舒服了。约翰既紧张又兴奋，他很想立刻看到他的农场。约翰的侄女们也是如此。一直以来，能吸引她们这位古怪亲戚的东西，她们也会很感兴趣。除了帕琪，还有约翰的侄女露易丝·梅里克和另一个外甥女伊丽莎白·德·格拉夫（昵称贝丝）。露易丝刚刚度过她的十八岁生日，而贝丝快十六岁了。贝丝住在俄亥俄州的一个小镇上，不过这会儿正在城里的表姐露易丝家做客。这么一来，两个姑娘就都有空，而且十分乐意陪约翰前往他的这片新领地，一起享受夏日时光。

第三章　梅尔维尔的好消息

在地图上，梅尔维尔可不好找，所有的火车线路都不通过这里。而最近的火车站沙齐口站，离梅尔维尔也有好几英里，而且马车道还都是上坡路。等到你好不容易爬上坡，来到帕纳塞斯山和小比尔山之间，就可以看到一片阔达四英里的平地。这片平地相当平坦，中间还有一座湖，边缘则有许多高高的松树环绕。平地南边就绵延着阿迪朗达克山脉的北端，一条名叫小比尔溪的小河从山岩间流下，溪水在阳光下晶莹透亮，飞溅着一路流到湖里。而到了湖里，水就平静了下来，缓缓地流淌着，直到大胡克瀑布，加入到一条更大的支流里，流到很远的尚普兰湖去。

梅尔维尔就在小比尔溪流入平地湖泊的地方。这里有座老磨坊，虽然磨得慢，闸门也旧了，不过仍然不紧不慢地工作着。人们把谷子丢进大漏斗，就会磨成面粉。赛拉斯·考德威尔子承父业，就靠着这个磨坊过活。而在他的父亲之前，磨坊则归"小比尔"汤普森所有。

磨坊上方有一座晃晃悠悠的木桥横跨小溪，这里有一条从沙齐口火车站通往梅尔维尔村的大路。梅尔维尔的主干道通往汤普森十字口。道路沿途两边都有一些木结构的建筑，前后有九英里长。镇里不算磨坊，总共有十一座房子。毕竟磨坊位于小比尔溪的另一边，可以说不算是梅尔维尔的一部分。科丁商店里也包括了当地的邮局和电话亭，很自然就成了镇上的中心。赛斯·戴维斯的铁匠铺就在隔壁，再往旁边是寡妇克拉克开的小百货店，卖的是糖果、文具和雪茄。接下来就是中介人麦克纳特的办公室了，和小百货店连在一起。再往旁边是索恩家开的饲料店。不过要明确一点,这些店彼此并不都是紧紧地挨着,每一间几乎都有自己的一块地。路的另一边是一家五金店,展示的商品大多是农具。五金店旁边是梅尔维尔饭店。这是一座两层楼旅馆,带有一间棚屋一样的偏屋,作为弹子房和棋牌室。小镇"商业中心"的最后一座建筑,是尼布·科金斯开的集药店、珠宝店、音乐用品店为一体的商店(还有一台缝纫机,作为该店的副业)。另外还有三座住宅房,户主分别是山姆·科丁、赛斯·戴维斯和尼克·索恩。

沿着公路走上不到四分之一英里,就是迪克·皮尔森的农场。但是这座农场不归梅尔维尔管。皮尔森家门口有一条东西向的小路。往西走一英里,就到韦格农场了,算是山脚下最开阔的一块地方。

梅尔维尔这一带是贫穷的乡下。镇上的小店收入可算十分微薄,往往叫外来人非常惊讶怎么还开得下去。不过当地人也不需要多少钱过活。山脚下的这块地方不那么好找,很少有游客光顾梅尔维尔。这里的路况也不适合汽车开进来。所以这个镇子基本上无人知晓,感觉这里的文明程度比外边要落后半个世纪。

不过这个孤零零的小镇却民风淳朴。毕竟很多年来,这里也没有受到过其他风潮的影响。

为数不多的几个对马歇尔·麦克马洪·麦克纳特比较瞧着顺眼的人,都叫他马什·麦克纳特(对他毫无尊敬之情的人们也给他起了各种各样的外号)。麦克纳特收到来自纽约的一封信,信的内容是约翰·梅里克提出的各种要求。这人是韦格农场的新主人,打算来这里避暑。麦克纳特四十岁上下,个子很矮,下巴上没有胡子,一头黄褐色的头发乱糟糟的,一对浅蓝色的眼睛又大又凸，十分醒目。这双眼睛总是透着叫人费解的目光，人们都觉得和他对视的时候很不自在。他的朋友们和他说话的时候都不会直视他的眼睛，不过孩子们反倒会好奇地盯着他那双无神的蓝色大眼珠看，充满了敬畏。

邻居们都觉得身为"房地产中介商"，麦克纳特称得上是正经生意人了，只有他老婆觉得他是个可怜虫。年轻的时候，麦克纳特在汤普森十字口上过学，后来传过教，但是因为"搞不懂宗教"而放弃了。麦克纳特从他的叔叔那继承了一座农场，娶了山姆·科丁的妹妹。而这个姑娘脾气奇差，说话又刻薄得很，因而大家都对麦克纳特的勇气惊叹不已。后来，麦克纳特在用割草机的时候出了事，失去了一只脚，结果只好放弃他的农场，搬到了城里。为了弥补微薄的收入，他绞尽脑汁找事做，后来开了一家"普利茅斯良种培育机构"，把鸡蛋卖给农民孵化，还给马匹看病，让马儿在他谷仓后边的草地上吃草。这块地最靠后的一部分，被用来在合适的季节种西瓜。他还向光顾磨坊或者商店的农民们出售书刊，并被选为"公路专员"。等到他的邻居们需要交人头税的时候，都得听他的。反正不管什么行当，只要能赚一点小钱，麦克纳特都会插一杠子。至于所谓的"房地产中介商"头衔，用赛斯·戴维斯的话说，纯属"胡说八道加瞎吹"，因为这镇上近二十年来根本就没什么房地产交易。仅有的两次交易除了成交价为两头牛的磨坊后院空地，就是连换了主人麦克纳特压根都不知道，也没经过他同意的韦格农场。

不过说到韦格农场的交易，唯一真正叫人意外的，是竟然有人买。韦格船长三年前就去世了，他的儿子约瑟夫跑到南边的奥尔巴尼上了技校，然后就一头扎进大城市纽约不知道干什么去了。所以这边的农场像彻底荒废了似的，只有哈克斯夫妇还住着。

韦格船长去世的时候，他的雇工老哈克斯和老哈克斯的盲人老婆诺拉就是农场上仅有的住户了。所以约瑟夫跑掉后，这对老夫妻自然就继续住在那。农场卖了之后，虽说他们无权住下去，但也没人赶他们走，索性就继续留在老地方了。

因此，当邮局局长兼商店老板把这封信给他时，麦克纳特死死盯着信看的神情充满了困惑，搞得店里的其他人看到他这样子都笑出了声。

"咋了佩吉？有人给你留了一大笔钱？"尼克·索恩坐在柜台后边调侃道。

"佩吉"是麦克纳特最为人熟知的外号之一，起因是他的腿上本该长着脚的地方装了一块松木义肢。

"那倒不是。"麦克纳特慢悠悠地回答道，"不过这倒的确是天底下最有趣的事。写信的这家伙认识那个买了韦格农场的人。"

"快说说。"商店老板科丁说。科丁是个秃头胖子，这会儿正在数火柴呢，边数边放到一个公用火柴盒子里。他允许小伙子们每天免费用二十根。

于是麦克纳特故意拖长音读起信来。等他读完了，在场的几个人面面相觑，好一会儿没人吭声，都在忙着思考呢。

"哇哦，我算是给震住了，这哥们好像很有钱啊，是不是？"最后铁匠先说话了。

"要是他有钱，也一定是哪根筋搭错了，干吗要来这？"镇上最时髦的小伙子尼布·科金斯问道，"去年我在亨廷顿，可见识了有钱人是怎么生活的。哎，这地方哪是有钱人待的地儿啊！"

"那倒也难说，"科丁认真地答道，"反正我肯定，我们还是应该做好准备，好好赚他们一笔。"

"说到这里倒有个现成的能赚他一笔的买卖。可问题是，这家伙知道他想要的那些个乱七八糟的东西到底要花多少钱吗？"麦克纳特说。

"八成不知道吧。"商店老板搭腔道。

"这可是附近修得最好的农场了。"磨坊主说。这之前他一直没吭声，"老韦格以前是海上的船长，也是有钱人。他可在这农场砸进去不少钱，只不过从来都是只见钱进去，没见钱出来。"

"那是，六十英亩的鹅卵石地当然产不出什么东西来赚钱了。我反正没听过这种事。"赛斯说。

"长出来的水果还不错，"磨坊主考德威尔继续说道，"他们的梅子可以用来交税，完了还能留下些。老哈克斯才过得下去。"

"也就过得下去罢了。"

"那不就足够了嘛。咱大家不都是这样吗？"磨坊主说。

"你准备带这个什么梅里克先生去农场吗？"尼布好奇地问。

"我觉得他一准是个疯子，"麦克纳特说，一边用手搓了搓鬓角。"我只知道，没见到钱我什么傻事都不会干。"

"让他先给你寄十块钱过来再说，"赛斯建议道。

"让他寄五十块来。要让你买牛啊、猪啊、鸡啊什么的，还得翻修，没这么多钱上哪买去。"商店老板也说。

"说得对！"麦克纳特激动起来，一边拍着大腿，"我就先问他要五十块钱，要是他不给，就没门儿。这就是我的原则，伙计们，我可要坚持原则！"

其他人很佩服他，于是麦克纳特精神抖擞地迈着大步离开了，立即就写下了那封很有特色的信，寄给道尔少校。

如果说第一封信在这个小小的村庄引起了一个不大不小的骚动，那么第二封无疑让整个镇子陷入狂喜。麦克纳特拿出那张五百美元的汇票，一眼瞥见上面的数字时，手都在颤抖。他脸色苍白，呆呆地望着其他人。

"你这是咋了啊？怎么样，钱多吗？"尼克·索恩急切地问。

很快，大家就争相传看那张汇票，继而纷纷半信半疑地摇了摇头。

"拿给鲍勃·韦斯特看看，"科丁建议道，"他见过大钱，比咱们懂的多。"

寡妇克拉克的儿子也在场，立刻忙不迭地去请鲍勃。韦斯特是五金店的老板，一听到"佩吉"收到了五百美元的"支票"就赶紧过来了。

韦斯特又高又瘦，留着灰色的小胡子，一双眼睛透着精明，藏在牛角框眼镜下。鲍勃是当地公认的有钱有势的人，保守估计资产有一万美元。也有人说他的钱远不止这个数，只是不告诉别人罢了。大家都知道五金工具是赚钱的买卖，另外韦斯特还贷款给农场。他平时不张扬，自家店里舒服的房间内有不少藏书，还订了镇上唯一的纽约报纸。他看了一眼汇款单说：

"这是一家纽约的银行,艾沙姆—马文公司的汇款单,的确货真价实。麦克纳特,你从哪搞到这个的?"

"一个叫约翰·梅里克的疯子寄来的,这家伙买了韦格船长的农场。喏,就是这封信,鲍勃。"

韦斯特仔细地看了看信,轻轻地吹了声口哨。

"叫约翰·梅里克的可能不止一个。"韦斯特一边认真思考一边说,"但是我听说过一个百万富翁,在金融界很有影响,就叫这个名字。那么麦克纳特,你准备为他做些什么来花这笔钱呢?"

"知道就好了!"麦克纳特回答,他凸出的眼睛流露出无助的神情,"你说我该咋办呢,鲍勃?"

韦斯特笑了笑。

"我不想插手你的生意。"韦斯特说,"不过这位新主人很明显想要把农场收拾一下,弄成他这种习惯了现代豪华生活的人能舒舒服服住的样子。你对这种事不大知道,而这位梅里克先生雇你做这件事,还这么当回事,也是病急乱投医。不过你还是尽力去做吧。骑马去韦格农场看看情况,然后找木匠塔夫特把该修的修一修。我会卖给你木料和钉子。这笔钱估计绰绰有余了。给梅里克先生发一封诚恳的电报,告诉他你发现的情况,不过要记得发电报的时候不要光从你自己的角度描述,要想想这么有钱、生活养尊处优的人会怎么看。一定记得告诉他家具的情况。在他这样的人看来,房子里的家具肯定不能满足要求。"

"那哈克斯咋办?"麦克纳特问道。

大家都急切地等着看韦斯特怎么回答,因为大家都很喜欢老哈克斯。而老哈克斯一直不离不弃地照顾他的盲人老婆，有情有义，所以老哈克斯的去留问题大家就格外关心。哈克斯夫妇在韦格农场其实也算不上是正儿八经的雇工，他们可能也没有拿到过多少工钱，所以现在肯定是穷得叮当响。如果被赶出去，要么饿死，要么就得去收容所。

"不要再和梅里克先生提老哈克斯和他老婆了，"韦斯特认真建议道，"等主人搬来的时候自然需要仆人，而哈克斯可是个能干的老伙计，所以到时候这个问题自然会解决的，现在还是不提为妙。如果非要赶他们走，也让梅里克出面，这事就是他的责任啦。"

"你说的真是太对了，鲍勃！"麦克纳特听了激动地说，一面拍着柜台。麦克纳特可是很少这么冲动的，"为那个有钱人我尽量做，然后先不管穷伙计哈克斯。"

麦克纳特先是查看了一下农场房屋和其他建筑的情况（在他看来好得和宫殿似的），然后找木匠阿隆佐·塔夫特谈了谈。这时候，麦克纳特就开始觉得，这事挺简单。他从威尔·约翰逊那买了一头新泽西奶牛，然后把自己的一群普利茅斯芦花鸡高价卖给梅里克，又雇了奈德·朗在农场的院子里帮老哈克斯一起割割草、打扫打扫卫生。

不过这个时候，麦克纳特真正的问题才刚刚开始。一大车新家具和各式各样的设备运到了火车站，指名让麦克纳特收货、卸货，并即刻运到农场。这批东西占了整整四个大干草垛那么大的地方。把东西统统运到韦格农场一座空着的大谷仓后，麦克纳特就毫无头绪了。

"这种事你必须得找个女人处理，明白不，佩吉？"帮忙拉货、卸货的尼克·索恩提议。

"我老婆也这么说，真烦人。"

"还是别把你那老婆扯进来了,她只会把事情搞砸。"

"那找谁呢,尼克?"

"我觉得镇上的老师就不错。学校现在放假了,看样子她倒像是个能把事情搞定的人。我说佩吉,那些新家具可是在咱这地界从来没见过的金贵东西。有了这些,农场的老房子也会像春天的玫瑰花一样招人喜欢。只是咱这种人弄不好这个,还是去请学校的老师帮忙吧。"

麦克纳特叹了口气。他一直在计划自己的时间,按照每天两美元用约翰·梅里克的钱给自己发工钱,而且打算趁热打铁,尽量多从梅里克给的钱里赚点呢。而如果请学校的老师来,就必须得给人家钱,所以他是相当的不情愿。可是他也明白,索恩说得没错。

因此,第二天一早,麦克纳特就骑着一匹租来的栗色母马,赶到汤普森十字口。砖砌成的校舍就在街角,威尔·汤普森的住处就在另一角。在这里可以看到一英里外胡克瀑布跟前小教堂的塔尖。

麦克纳特把马拴在汤普森家门口的柱子上,然后沿着门前铺得整整齐齐的石子路走到门口敲门。

过了一阵,一个哭丧着脸的女人开了门。"埃塞尔在家吗?"麦克纳特问道。

"她在花园除草呢。"

"那我过去找她。"麦克纳特说。

花园就是一处种着玫瑰的棚架,中间站着一个苗条的姑娘,穿着花格子布衣服,正在把藤蔓绑在花架上。

"早啊,埃塞尔!"麦克纳特打招呼道。

姑娘回头给了他一个微笑。埃塞尔的脸又瘦又长,鼻头还有点朝一边歪，并不是特别美，但是她那头金发在阳光下十分耀眼，就像一捧黄金一般。而且她的微笑也十分自然、甜美，所以作为一个普通的乡下姑娘，她已经够好看了。

此外，埃塞尔·汤普森还有个与众不同之处，就是"有文化"，乡亲们谈到这一点都会肃然起敬，知道她"在特洛伊上过大学，有文凭"。埃塞尔虽然年轻，已经教了两年书了，只要她愿意，就可以得到终身教职。麦克纳特看着埃塞尔整洁的衣裙，注意到她优雅得体的举止，就知道自己找对人了。

"韦格农场的新主人就要搬来啦。"麦克纳特先开了个头。

埃塞尔转过身奇怪地看着他。

"约瑟夫把农场卖了吗？"她问。

"大概一年前吧。有个傻了吧唧的有钱人给买了，他说现在就要来避暑。瞧，这封信就是他写的，你看看，比我说的清楚。"

埃塞尔接过麦克纳特从兜里掏出来的信，手微微有些颤抖。她坐到一张长凳上，从头到尾读了一遍。看完后，埃塞尔又恢复了镇定。

"这位先生还真有点怪呢，"埃塞尔说，"不过他要来这可没什么错，毕竟农场很不错。也许他只是想找个安静的地方休息休息。"

"我压根不知道他想干嘛，不过他已经送来一卡车家具，足够堆满一个旅馆了。我想知道你能不能过来看看，帮着看怎么把家具摆在房间里，拾掇拾掇？"

"你找我？"埃塞尔很吃惊。

"对呀，你在城里待过，知道城里人是怎么弄的。你快过来瞧瞧吧，那一堆东西，有很多我和尼克·索恩干脆听都没听说过，根本不知道是干啥用的。"

埃塞尔笑了起来。

"那么农场新主人一行什么时候来？"她问。

"等我把东西都弄好就过来。他们已经打了些钱过来，所以你不会白干啦。"

"不用啦，"埃塞尔开心地说，"能帮忙安排那些漂亮的东西，我就很高兴了。诺拉和汤姆还在那？"

"在。他们让我叫老哈克斯搬走，不过我没这么干。"

"那太好了。也许我们安排得合适的话，他们就可以留下来继续住了。诺拉是个多么可爱的老太太啊。"

"可惜瞎了。"

"她对韦格农场的房子了如指掌，干起活来比多少耳聪目明的人都好。那么佩吉，什么时候需要我过去呢？"

"你啥时候准备好了啥时候来吧。"

"那我明天一早就过去。"

就在这时，从房子里传出一阵野兽般的怒吼声。只见那个哭丧着脸的妇人冲了出来，砰地一声关上门。然后一切又恢复了平静。

麦克纳特有些不自在，站在原地，把重心从假腿移到了完整的那只脚上。

"老威尔怎么样了？"他低声问道。

"爷爷还那样。"埃塞尔回答，仍然镇定自若，似乎早就习惯了这种情形。

"还是那么疯疯癫癫的？"

"有时候他的确会变得有点暴力，不过一般不会持续太久。"

"你觉得我能见他吗？"麦克纳特带着犹豫问。

"还是算了，自从韦格船长去世后，他就不见客人了。"

"那么好吧，再见，埃塞尔。明天早上在农场见。"

麦克纳特骑马走后，埃塞尔独自坐了好一会，好像沉浸在思考中。

"可怜的约瑟夫！"最后，埃塞尔叹了口气，自言自语道，"可怜的傻瓜约瑟夫，他现在怎么样了呢？"

第四章　埃塞尔布置农场

韦格农场的住宅位于一小片松树林旁边，小比尔溪欢快地从树林中穿过，流到湖里。房子的左侧是一座山坡，上面有一片无人看管的果园，里边种着苹果树和梨树。树干十分粗糙，可以看出来这些树已经经历了许多个寒冬。房子门前是一条石头铺成的小路，被院子中间用松木做的栅栏隔开。房子周围的土地倒是比较肥沃，长满了六月草。

农场本身不值多少钱。院子后边有一处紫梅园还不错，另外还有两英亩的玉米和一小块牧草地，除此之外，这片六十英亩的农场就没有可以好好长东西的地方了。

这座房子倒是方圆好几英里内最好的了。至于老船长乔纳斯·韦格为什么要跑到这么个偏僻的地方安家，则仍是个迷，梅尔维尔的人们这么多年也没弄明白。显然，老韦格不是为了种东西卖钱才买下这块地的。农场的地有一半都是石头，另一半则是松树林。不过他盖的这幢房子在当时可算得上附近乡里了不起的豪宅了。这座两层的房子很大，一层是用鹅卵石砖盖的，提起这个来，邻居们都觉得好笑。而第二层则是松木，大家觉得这种材料比较体面。主建筑的一层是一间大客厅，客厅的一面墙中央有一座鹅卵石砌成的壁炉，房间正面和侧面都有像监狱铁窗一样的窗子。客厅前还带着一个小走廊，大门非常漂亮，雕刻着异域风格的图案。门是老船长从马塞诸塞州买来的。宽敞的客厅一角是楼梯，通向二楼。这里有四间大卧室。以前这里的墙都是刷好、贴好墙纸的。不过时间一长墙纸都褪色了，看上去死气沉沉。其中一间卧室的天花板上一大块的石膏都掉了下来，已经可以看到上面的板条。楼上的四个房间里，只有一个摆着家具，包括一张底部用线绳绑好的床架、一张便宜的松木桌子和一把断腿的椅子。这栋主屋已经很久没人住了。老韦格还在世的时候，冬天会在晚上生火，然后安静地坐在壁炉前，直到深夜。在他年轻的妻子刚住进来的时候，客厅里也曾布置得温馨舒适。不过这里边一直没摆什么家具，现在仅剩的这些家具不光不好看，基本上也不能用了。

房子主屋的右翼有一座坡顶屋，可以算得上主屋之外唯一可以居住的建筑。主屋有一扇通往这座坡顶屋的门。不过以前老哈克斯和他的妻子诺拉把这扇门完全堵上了。这座屋子有一间大厨房和两个房间，一间是储藏室，另一间是哈克斯老两口的卧室。

右厢房也是鹅卵石材料建成的，以前是老韦格自己的住处。他死后，就是他的独子约瑟夫住的地方。当时约瑟夫才十六岁。不过他住了没几天就突然放弃了这座房子，跑到外面闯荡世界去了，据说他一心想干大事、挣大钱。他觉得在这个小地方不会有什么作为，而大城市则蕴藏着数不清的机会。

埃塞尔·汤普森第二天早上就来和麦克纳特会面了。她骑着小马，穿过栅栏的缝隙和长满六月草的草坪，来到农场房屋的后门。在水泵旁边的一张长凳上，坐着一个一头白发的老妇人，正在剥豌豆。她身形消瘦，而且很僵硬。老妇人动了动，似乎有些警惕。不过等埃塞尔下马走近她的时候，老妇人抬起头，脸上露出开心的微笑，一对深陷的灰色眼睛对着埃塞尔。

"早上好啊，亲爱的埃塞尔，"她说，"我就知道是你的马儿在哼哼呢，它今天起得太早了。"

"早上好，诺拉。"埃塞尔回答道，上前在诺拉凹陷的脸颊上吻了吻，"你最近可好？"

"身体还行。可我俩心情都不怎么好。我们早就知道我俩不可能一直在这安安稳稳地待着，可这也来得太突然了，弄得人怪难受的。"

"汤姆去哪了？"

"在谷仓里，照看着那个有钱人送来的那些个东西呢。他说大部分东西都装在木箱里或者捆着，不过有一些没有。所以汤姆得去小心看着点，回来还会给我讲。他还去看那些高级炉子什么的，回来说给我听。"

"他担心吗，诺拉？"

"我俩都很担心，埃塞尔。我们的日子算是到头了。佩吉·麦克纳特说，那人的确说得明明白白，如果老哈克斯成了家，就一起赶走。这下子没啥说的了，总不能说他没老婆吧？佩吉是个好人，告诉我们先待着，等那些人来了再说。我猜过不了多久就会有什么文件送来赶我们走了。"

"这个我觉得还说不准，"埃塞尔一边思考一边说，"他们要把你们赶走就太狠心了。你俩又都能干活，一直在这里尽心尽力。"

"都是我这双眼睛。"诺拉说，语气平淡，就好像在陈述一个普通的事实，"哈克斯在这等着那些有钱人来可能还行，可是他们才不会要我这瞎眼的老太婆呢。而我的哈克斯不会丢下我不管的，宁肯跟我一起去收容所。"

"没错，我的诺拉宝贝！"这时有人高兴地叫喊道。诺拉抬头，脸上露出微笑。埃塞尔转过头说："这是老哈克斯回来了。"

老哈克斯个子很高,不过有点驼背,一条腿还有点瘸。这是风湿落下的病根,年纪越大越严重了。他看着就像苹果园里的树一样粗糙,样子歪歪斜斜,也和果树扭曲的枝桠一样。但是当老哈克斯抬起头来的时候,他的脑袋却非常引人注目。哈克斯长着稀疏的白发,下巴上留着白色的络腮胡,笑起来样子很讨喜。好像谁也想不起来哈克斯不笑的时候是什么样子,而他笑起来既不显得呆滞,又不显得僵硬,而且弄得周围的人也忍不住会跟着一起笑起来。他穿着一条打了不少补丁的羊毛裤和一件褪色了的蓝色细条纹衬衫,脚上穿着双破旧的长筒靴,头上戴了顶破破烂烂的草帽,旧得就好像是祖上传下来的。

埃塞尔一边和哈克斯打招呼,一边仔细地看着对方,不禁叹了口气。单从外表看,哈克斯显然不像个能服侍那些有钱人的样子。可是埃塞尔知道哈克斯有很多优点,所以索性鼓起勇气说:"如果最后到了实在没办法的地步,你们来跟我们一起住吧,我会和奶奶安排好的。不过我倒不是很担心你们会被赶走。现在看来,这个梅里克先生似乎很慷慨,也很开明。我一直觉得,只要你开始熟悉这个人,他就不会显得那么可怕了。是未知让我们觉得担心,这个样子实在有点孩子气,然后就开始杞人忧天,其实这完全没必要。"埃塞尔故作轻松。

"这倒是不假。"老哈克斯说,"认识了诺拉以后他们就会喜欢她了,所有人都喜欢我们家诺拉。这位老爷目前为止对我们还不错。我就是觉得把谷仓里那些高级的漂亮家具放在这个破地方简直太糟蹋了,不是吗,埃塞尔?"

这时候,麦克纳特刚好赶到,奈德·朗、木匠隆·塔夫特和克拉克寡妇也来了，这位女士答应会帮忙拾掇拾掇。克拉克寡妇一般不怎么走动，可是这一回实在是对那些新家具好奇，也想赚几个钱，所以忍不住就跟来了。

大伙一下子都涌进了客厅。埃塞尔环视了一下四周，就开始指导大家，将除了两张舒适的古董马毛沙发留下外，把其余的统统放在谷仓的阁楼里。清理客厅用不了多少时间，接着克拉克寡妇扫了地，然后开始擦地板和其他木制结构的东西。而埃塞尔则已经领着大家到住宅的右厢房去整理了。

埃塞尔对这边的房间很感兴趣。约瑟夫就出生在这里。瘦弱的韦格太太和她沉默寡言的丈夫都在这里去世。这里有两扇宽大的法式窗户，一扇滑门则通向一个小走廊，上面覆盖着金盏花的藤蔓。厚厚的石墙上内嵌着一个小柜子，不过已经上了锁，钥匙还丢了。

到了楼上，埃塞尔清理了搁置了好几十年的杂物。床架在北边的房间里，现在也被送到了谷仓的阁楼里，和其他旧家具放在一起。奈德·朗负责清扫，为擦洗房间做准备。

然后，埃塞尔和诺拉开始努力打扫卫生了。诺拉虽然看不见，也坚持要帮忙，干得一点不比埃塞尔少。同时，一帮"壮劳力"则前往谷仓，按照埃塞尔的指示，把新家具从包装木箱里拿出来，并打开了捆着的毯子和垫子。隆·塔夫特正在给通往前门的小走廊铺新的台阶，而老哈克斯、奈德和麦克纳特则近乎虔诚地打开载着家具等物品的货运马车，小心翼翼地卸货。精致的床上雕刻的花纹、上了色的柳条家具、舒适简便的休闲椅、时髦的衣橱，都叫大家叹为观止。他们还发现了好多漂亮的东西，从包装盒子里和桶里一一拿出，叫人目不暇接。连埃塞尔也不禁感叹，商家把一座夏日别墅可能需要的、可以用来装饰的东西都打包了进来，实在是周到。

接下来的几天大家就更忙了。埃塞尔热情积极地投入到老房子的改造工程中。有了约翰提供的丰富的家居用品，埃塞尔的布置十分令人欣喜。她虽然是乡下长大的姑娘，但是毕竟见识过城里的生活，因此具备良好的品味。埃塞尔把房间布置得相当雅致，即便有人想再进一步改善一下，恐怕也无从下手了。大客厅必须要同时作为餐厅和会客厅使用，不过好在地方够大，完全可以胜任。虽然没有什么特别的客厅家具运来，但是只要从那一大堆给卧室准备的家具里抽出来几把椅子、几样小家具，然后加上两张别致的沙发，摆上小钢琴，再铺上些毯子，增添一番艺术气息，埃塞尔的客厅改造工程就顺利完成了。整个大客厅看上去又体面又舒服。餐厅的一角摆了一张圆形餐桌，餐桌旁的高背椅子是用橡木制成的。一切摆放就绪后，看上去十分和谐。梅里克之前一时兴起，还送来十八副装裱起来的画。从价钱看是捡了大便宜，不过卖家非常可靠，品质还是信得过的。梅里克觉得这些画对装饰房子有帮助。而埃塞尔此刻也这么认为，因为老房子的墙上没什么装饰，显得空空荡荡的，埃塞尔尽量把这些画都挂在合适的地方。老哈克斯这时候已经彻底着了迷，埃塞尔让他挂哪他就挂哪，一边试着向一旁看不见的诺拉描述画上的内容，说的话往往叫人忍俊不禁。

从火车站来了一封电报，宣布梅里克一行将在周四早上到达。埃塞尔肯定到时候一切都会准备好的。修理过的地方油漆会晾干，前院的草坪也修剪好了。而玉米穗仓库和木棚屋中间的两座小花圃也正当鲜花开放。牛棚里有奶牛，猪圈里有猪，散养的普利茅斯芦花鸡们则神气活现地在院子里逛来逛去。

周三，埃塞尔带着老哈克斯到梅尔维尔，给他从山姆·科丁那买了身深灰色的"正经衣服"，另外还买了配套的衬衫、鞋子、内衣。她让麦克纳特直接用约翰给的钱付了帐。埃塞尔答应说她会负责向那个"有钱老爷"解释这些没经过批准的开销的。诺拉也得了一条方格布的连衣裙，而这裙子是埃塞尔自己的。到了周四早上，埃塞尔一早就高高兴兴地来到韦格农场，确保老两口穿戴整齐来见新主人。她还最后检查了一遍那些漂亮的家具，往花瓶里插了几朵自己种的玫瑰和甜豌豆花，让房子看起来更像个家，以欢迎新住户的到来。

"要是他们这都不喜欢，那就太难伺候了。"埃塞尔微笑着说。

"他们肯定会喜欢的，亲爱的。"诺拉一边说一边轻轻地用手指抚过花朵、书本和打开的钢琴，"要是他们不喜欢，那他们就不是什么好人，也没什么好稀罕的。"

埃塞尔告别了哈克斯和诺拉，告诉他们胆子大些，然后就骑着她的小马，穿过农场，往汤普森十字口去了。

第五章　有钱老爷一家驾到

"好了，我们就快到了。"约翰往车窗外看了看说道。

他看起来一点也不像百万富翁，也不像有钱人，只是一位普普通通的、到了乡下感到心情愉快的老头。他的衣服并不怎么贵，手也由于常年辛苦工作而粗糙得很。他的领结在左耳朵下方位置打着个粗人才打的结。早在发达以前，约翰就是个普普通通、好心肠的伙计。现在虽然有了钱，但他的性情一点没变。

约翰，三个女孩子，帕琪带来的脸蛋红扑扑的厨师玛丽，就是这节车厢里全部的乘客。听说开往沙齐口的火车没有卧铺，约翰索性特意预定了一节卧铺车厢挂在车尾。但是即便是帕琪，他也不允许她觉得自己这是在享受奢侈、搞特殊。

"我觉得吧，"贝丝瞥了一眼车窗外说，这时候火车正在爬上坡路。"我们好像来到了一个荒无人烟的地方。这地方连农场都稀有得很，就和想在这看到埃及神庙一样难。"

"实际上，咱们谁也不知道这是要往哪走，也不知道我的农场是什么样子。我们就像在非洲中部探险的斯坦利[1]一样，都是探险家。这次旅行的魅力正在于此，"约翰说。

"我很高兴没有带我的那些晚礼服。"时髦的露易丝说。她带着不解的表情，望着窗外山坡上的岩石摇了摇头，一头金发摆来摆去。

"为什么不带，没准你还能穿着那些裙子在牧场上坐牧草车兜风呢。"帕琪笑着说，"当然，前提是这片地方真的长得出牧草。"

这时候火车猛地停了下来，然后猛地开动，再次猛地停下来，把大家都吓得屏住了呼吸，一动不动地坐在座位上。

"沙齐口到啦。"服务员急匆匆地走进来，一边说一边开始拿他们的行李。

一行人站在木头建的站台上，手提行李箱都放在旁边。大件行李则从在前边好远的一截车厢里卸了下来。

这时候哨声响起，火车猛地一下开动了，缓缓驶离车站。约翰、几个女孩和女仆，则和一个素不相识的陌生人一起，被孤零零地留在了站台上。那个人上身只穿着件衬衫，哈欠连天。他的手插在裤兜里，一动不动地盯着这几个陌生人。

此时正值七月，时间是早上六点，太阳已经升起，天空晴朗，清晨的空气凉爽清新。约翰老练地环顾了一下四周，看到车站后方有一组小型的棚屋，可以看到里边只有看管站台的一名工作人员。

"这没有马车等着我们吗？"露易丝问道，语气稍稍有些僵硬。

"看样子没有，"约翰回答。接着他转向当地人问道，"请问您能告诉我们梅尔维尔怎么走吗？"

"顺着这条路往上走七英里。"

"非常感谢。请问这里有马车可以坐吗？"

当地人哈哈大笑起来。

"还要找马车，看样子你们对这不熟悉，我猜你们就是那伙要去韦格农场的人。"

"你说得没错。我很高兴咱们能碰面。那里的人们都还好吗？"约翰说。

"挺好。"

"那么先生，我们需要先吃些早餐，然后找个法子赶到农场去。"

"佩吉应该会给你们照应好这些的。"对方回答，一面打量着姑娘们漂亮时髦的衣着。

"佩吉是谁？"

"就是麦克纳特，你们雇来做事的那家伙。"

"哦，是的，他应该会派些什么人来和我们碰面的。"约翰说道，"这边那些房子是干什么用的？"

"那就是沙齐口中转站了。"

"这附近有旅馆吗？"

"当然有。"

"有车马出租所吗？"

"当然有。"

"那么就好说了，相信我们会相处得很好的。"约翰说，整个人振奋起来，"请帮我们先看下这些行李。我相信没人会动它们，就是怕山上下来些狗熊啊老虎啊什么的，会把行李给吃了。那么姑娘们，咱们走吧！"

几个姑娘倒没有对这种情形感到过于郁闷。她们最近刚刚陪同这位性情古怪的舅舅往欧洲走了一遭，已经知道要在遇到困难的时候保持耐心。

几个人沿着这条土路走了大约四分之一英里的路程，来到了一座旅馆。这里看着非常简陋，好像也不太干净，有一股陈年堆积的啤酒味。约翰绕到了店家跟前。

"生意怎么样，忙吗？"他问道。

"很久没有忙过啦。"对方回答。

"给我们弄点煮鸡蛋、面包和黄油，再来点新鲜的牛奶，请快些。"约翰开始点餐，"早餐准备得越快，我另外加给你的钱就越多。在门廊上摆张桌子就行，我们就露天吃。车马出租站在哪里？好的，明白了。现在高兴点吧伙计，你有的赚了。你每给我们节省五分钟，我就多付你两毛五分钱。"

对方盯着他愣了愣，然后像一下子清醒过来似的，立刻转身不见了。

"我的老天，我敢用一只鸡打赌，这准是他们说的那个自以为是的有钱老爷！"他喃喃自语道。

约翰安排女孩们和玛丽在门廊上的木长凳上坐下，然后就走到街对面的车马出租站。他看到一个男人和一个男孩子正在给这里仅有的五六匹马洗澡。这些马看上去都不怎么样。约翰最后订了一架三座马车，载着大家去梅尔维尔的韦格农场，另外订了一架摇摇晃晃的木材车，用来运行李。一提韦格农场，车马站的人很快就明白来者何人了，立刻决定要把这几个城里来的客人伺候好。

"这条路有段是上坡，而我的时间很宝贵，所以不得不收你们三块钱。"他语气坚定地说。

"这三块钱是什么费用呢？"约翰平静地问道。

"把这俩车送到梅尔维尔的钱啊。"

"那么就赶紧给马匹上缰绳，装好行李，二十分钟后就把坐人的那一架赶到旅馆门口。这是五美元，如果你高兴，就不用找零钱了。"

"都怪我这笨脑瓜！"马站的人看着约翰离开喃喃自语道，"我真笨，要什么三块钱，应该要四块才对！"

他立刻叫那个男孩子快些，然后过了没多久，一切就准备好了。

这个时候，约翰和姑娘们刚吃完煮鸡蛋。鸡蛋新鲜可口，牛奶也非常不错。几个邋里邋遢的妇女和一个张着嘴的小男孩，正透过旅馆的窗子朝外盯着这几个城里人看，而约翰一行却浑然不知。

等到大家吃完饭走向马车的时候，连露易丝的心情也好了起来，开心地笑着。这里空气清新，阳光明媚，简单可口的早餐也带来满足感。几个人心情都不错，又恢复了幽默感。

他们在火车站停下拿行李，看到大件行李已经在木材车上捆好了，又慢悠悠地赶了一会儿路，就到了上坡路的那一段。

"确定是这个方向吗？"约翰问马车夫。

"我是在这出生的，"对方回答，语气无可辩驳。

"那就该没问题了。这座山不小啊，我说咱们前边的这座。"

"这是小比尔山。过了这，就到了梅尔维尔了。"

即使是七英里的山路，也没能减少姑娘们的兴致。她们每个人都暗自坚信，约翰这座莫名其妙的农场最后肯定弄不成。要不了两天，大家肯定就会打道回府。可是与此同时，这次旅行又颇为新鲜有趣，因此几人又做好了欣然接受一切可能的准备。

爬了一阵坡以后，大家看到模样古怪又有趣的磨坊，而梅尔维尔镇就在湍急的小比尔溪对面。从他们这一边，大家能看到隐藏在松树林中间的那座平静的湖泊，还能看到湖那边连绵起伏的山峰，景色非常不错。这时候，大家都深吸了一口气。用帕琪的话说就是"很高兴来这一趟"。

"那就是梅尔维尔？"约翰急切地问。

"没错,先生。"

"那么那边的房子哪一座是韦格农场的呢?"

"从这你看不到韦格的房子,松树挡着呢。"车夫说,一边催马儿一路小跑。马车已经接近那座桥了。

"农场还不错?"约翰问道,脸上露出渴望的神情。

"全郡最差的农场就数它啦,"车夫的回答不尽如人意,"农场一半是石头,另一半是树。老韦格船长不是什么农夫,他以前是海上的船长,所以买这地方被人骗了也不奇怪。"

约翰叹了口气。

"我自己不是也刚刚买了这地方吗。"他说。

"这种事已经不新鲜啦,傻乎乎的有钱人被骗的故事。"车夫咧嘴一笑,"房子还算是个'亨克',可是没有像样的农场,房子有啥用?"

"'亨克'是什么?"露易丝好奇地问。

车夫没有回应,估计因为他正忙着指挥马儿过那座摇摇晃晃的桥。

"你们想在村里停一下吗?"他问。

"不用了,直接去农场。"

眼前原生态的画面在大家眼中是如此别致,像画一样,几个人都兴致高昂,这也许还归功于大家原本以为这地方一无是处。穿过村里的时候,他们没有注意到路两边的人都盯着他们看呢。如果他们稍稍留意,就会看到约翰雇的中介商麦克纳特正站在他的办公室门口,圆溜溜的眼睛向外凸出,正注视着他们。

麦克纳特其实从来没有想过要去火车站和约翰一行碰

面。他遵照约翰的指示，收拾好了农场的房子，所以就觉得一切都就绪了。现在，他当然要和有钱人约翰见个面，交代一下资金和账户的问题。

商店老板山姆·科丁目送马车队远去，表情酸溜溜的，非常不满。他知道有五箱子各种日常用品从城里直接运到了韦格农场。"老天爷啊，这帮城里人啥都不买，我们要他们在这有什么用处？"他问周围的小伙子们，大家都表示同意。

马儿们一路小跑着，来到了皮尔森农场。在这里，马车向左拐，然后马儿放慢了脚步。这条路是石头铺成的，一路上马车的轮子颠簸个不停。

"这是怎么回事？"约翰吃惊地问道，差点咬住舌头，"怎么在这拐？"

"就是这条路了，这条鹅卵石路就是往您农场的路。而您的那座农场啊，里边的地也都和这条路一个德性。"车夫回答，忍不住乐了。

一行人沉默不语，都有点郁闷。

"乡村的景色很可爱。"帕琪说。这时候马车正走上坡路，她看着周围的景色说。

"我说大伯，您确定农场里真的有一座房子什么的可以住人的？"露易丝担忧地问道。

"嗯，据说有一座房子，而且有人说那房子是个'亨克'。"约翰回答，听上去有些不安。

"房子肯定和农场很配。"贝丝平静地说，"我猜那房子有两个房间，屋顶还漏雨。不过别担心姑娘们，这次旅行还是很愉快的。如果事情太糟糕，我们可以先借宿别的地方。"

"要我说,最糟糕的部分已经过去了。"车夫说,"那座房子可是韦格农场最像样的东西。房子大得像个旅馆,当年可是花了好多钱才修起来的。人们一定是疯了才会跑到这个地方来。先是老韦格船长把家当都浪费在这个地方,现在又是……"他说到这停了下来,估计是担心会冒犯约翰。这个时候约翰咳嗽了一声,而几个姑娘们已经咯咯笑起来了。

于是大家心里已经不抱希望了,因此当马车穿过果园和松树林的时候,大家对这里的情形感到新奇。等看到树林遮掩中围着栅栏的老式房屋时,一行人就叹为观止了。每一双眼睛都立即被这所造型别致奇特的大房子吸引。小路和房子之间整齐的草坪,以及房子温馨的外观,都让大家惊叹不已。

"这就是韦格农场了。"车夫说。

"看哪舅舅,这多漂亮!"贝丝兴奋地叫起来。

露易丝漂亮的小脸现在笑得像朵花一样。帕琪则深吸了一口气,从马车高高的座位上跳了下来。

诺拉站在房子前的门廊上,身上整整齐齐地穿戴着那件灰色的长裙和一顶帽子。她脸上的表情看起来十分镇定,但她能感觉到自己在忍不住地微微颤抖。

老哈克斯慢吞吞地走下台阶,迎接约翰一行。在他的记忆中,自己从来没有穿得这么干净整齐过。这个古怪的老伙计似乎也很喜欢这身打扮。他笑眯眯地抬起脸来,把头歪向一边,加上驼背和佝偻的肩膀,活像一只麻雀。

"欢迎您回家,先生。"哈克斯对约翰说,"我是哈克斯,先生,托马斯·哈克斯。"接下来哈克斯也没有再多说话,直接开始帮着从马车上卸行李。

"哦对,我差点把你忘了,不过我很高兴你能在这。"

约翰见有人面带微笑地迎接他，因此非常高兴。

"门廊上坐着的是我老婆诺拉，她是这的管家，先生。"接着，哈克斯压低了声音，因此只有约翰和几个姑娘们能听到他下边的话，"她眼睛看不见。"

可怜的诺拉正紧张地坐着，而帕琪走上前去，来到诺拉身边，亲切地握住她的手。

"我是帕特丽夏，诺拉，很高兴和你成为朋友。"

贝丝也走上前去和诺拉打招呼。

"我是贝丝，诺拉。你会记住我吗？"

"当然会的，小姐，我能凭声音认得你。"老诺拉回应道。她见大家这么友好开心极了。

"这还有一个呢，诺拉，我是露易丝。"露易丝轻声说道。

"这就是那三位漂亮的年轻小姐，她们不光漂亮，心肠也好。"约翰骄傲地说，"那么哈克斯，你或者你的妻子可以带我们进去看看了吗？"

"诺拉会带着小姐们去她们的房间，先生。"

"先不要！"女孩子们一齐说道。接着露易丝说："先让我们好好看看这漂亮的景色吧，然后再回屋子里去，不然怪闷的。希望房间已经通过风了。"

帕琪跑到了草坪一边的鸡窝附近，一只母鸡见生人来了，正在叫自己的孩子回来。贝丝见了野金银花的藤蔓十分开心，而露易丝则坐在一把做工朴实无华的椅子上，心满意足地吁了一口气。

"我真高兴你把我们带到这来，大伯，"露易丝说，"没想到这居然这么漂亮！"

在这里，他们可以听到背后的树林里小比尔溪流淌的声音。一阵微风吹过松树林，阵阵香气飘来。约翰蹲坐在阴凉地里的台阶上，欣赏着眼前朴实的乡村景色。而帕琪已经摘掉了帽子，脱掉了外套，丢到一旁，躺在凉凉的草地上，四肢伸展开来。周围的几只鸡正疑惑地看着她。贝丝则正在摘野金银花，已经在手里拼成一束了。这些花实在太香、太可爱了。

"我记得我好像送了几张吊床和玩槌球的用具来。"约翰说。

"都在这呢，先生。"老哈克斯说。老哈克斯正笑眯眯地望着大家，原地站着等主人的指令，"只不过我们都不知道您想要把这些东西搁哪。"

这时候玛丽来了，她已经安顿好了自己的东西，穿上了白色围裙。

"这房子真是棒极了，梅里克先生，"玛丽说，"我们需要的东西这都有，而且都收拾得干净整齐。"

玛丽这么一说，姑娘们听了也都想进去看看了。她们立刻一起走进了宽敞的大客厅，一下子就被这里的陈设吸引住了。诺拉领着姑娘们到楼上去看她们的房间。诺拉走起路来一点问题没有，就好像她什么都看得见一样。到了楼上，大家又兴奋了起来。

"这间蓝色的房间是我的！"露易丝叫道。

"我要这间粉色的。"贝丝说。

"我选这间白色的。"帕琪说。"少校的房间就在隔壁了，那一间是绿色和金色的，他准喜欢。不过约翰舅舅的房间在哪？"

"主人住在右厢房。"诺拉说，她听到姑娘们开心的叫声也非常高兴，"当年老韦格船长就住在那里。我们已经把那里翻新过了。"

其实这个时候，约翰已经在查看他的住处了。他不停地感慨，自己把那些家具提前送来是多么明智。这些家具让这间老房子整个旧貌换新颜了。

可是是谁布置的这一切呢？显然，这里处处体现出的好品味和时髦感不会是看不见的诺拉能做到的。约翰一边想，一边转向老哈克斯。

"这都是谁布置的呢？"他问。

"是埃塞尔小姐布置的，先生。她是学校的老师。"

"噢，是个城里来的姑娘？"

"不是的，先生。她是疯子威尔·汤普森的孙女，住的地方离这大概九英里。"

"她现在在这吗？"

"她早上回家啦，先生。她办这件事特别高兴，说她希望你们喜欢，希望你们在这住得愉快。"

约翰点了点头。

"我们得把这个姑娘找来，"他说，"我觉得我们得好好报答她才行。"

注释：

[1]威尔士著名记者和探险家亨利·摩根·斯坦利，以非洲探险经历闻名世界。

# 第六章 佩吉的账单

整个梅尔维尔躁动不安地等了三天，才得到确切的证据，表明"有钱老爷"——用尼布·科尔金斯"文绉绉"的话说——已经"安顿就绪"。不过这些城里人好像被胶水粘在了农场一样，从没在镇上露过面。其实帕琪和约翰正热衷于在小比尔溪钓鱼，而小溪在松树林深处。虽然钓鳟鱼的成果乏善可陈，大家就是这么喜欢安静享受假期。老哈克斯会在早餐之前出门，带回新鲜的食材让玛丽做饭。而小溪里的鱼儿仿佛对约翰买的高级钓鱼装备不满似的，钓钩总是勾破这身衣服。另外帕琪的衣服也遭了殃，破了好几处，鱼钩还勾破了她的胳膊。所以每每约翰往溪里抛鱼饵的时候，帕琪都躲在树后面。不过大家仍然很喜欢树林，常常躺在岸边，听着溪水涓涓流淌和鸟儿歌唱的声音，一待就是几个小时。

另外两个姑娘可以说是性格迥异。贝丝·德·格拉夫此次度假带着她的射箭专用行头。到达农场的第二天，就在草坪上架起了靶子，每天勤奋练习，在六十码的距离以外都能射得很好。而露易丝则常常躺在吊床里，靠着垫子读小说。有时候，露易丝看累了，就会和贝丝一起打网球或者槌球。而赢的总是贝丝。

这种慵懒愉快的日子在一行人刚到农场的几天里都过得非常平静。直到星期一早上，麦克纳特跑来和约翰谈事情，才打破了韦格农场世外桃源一般的气氛。

虽然麦克纳特已经出发得够晚了，而且尼克·索恩那匹栗色的母马一路几乎是慢悠悠地走着来的，但是到了农场，他还是不得不在院子里等了半个小时，"有钱老爷"才用完早餐。麦克纳特利用这段时间考虑了一下，盘算说两件事应该先说哪一件为妙。他从沙齐口火车站的车马出租站那听说,约翰给了人家五美元,而从那边赶过来,一般花两块钱就够了。他还听说,那边小旅馆的老板陶德也从慷慨的约翰手里多拿到了整整七十五美分。了解了约翰这些"奢侈"的事迹,让麦克纳特动了给自己涨工钱的念头。以前麦克纳特打算收一天两块钱的服务费,他现在则准备收一天三块钱,而且要把时间尽量拉长。他还准备从隆·塔夫特和奈德·朗的工钱里抽取佣金,至于把约翰的东西从火车站运到农场的费用,麦克纳特也打算收相当于车马站收取费用两倍的钱。埃塞尔·汤普森拒绝接受酬劳,但麦克纳特仍然按照埃塞尔的工作量,准备向约翰收取一笔可观的费用。等账单算好,麦克纳特已经可以从中给自己捞取相当多的收入了。不过最后,麦克纳特良心发现,又写了一份账单,里边的收费比起另一张合理得多。这一次,他把两张账单都带了来,一边口袋放一张。麦克纳特犹豫不决,一会儿想到了约翰那成百上千万的财富,一会儿又想到开价太高可能会激怒约翰。等到约翰吃完早餐,面带微笑出来见他的时候,麦克纳特还没想好要怎么办呢。

"我可得好好谢谢你了!谢谢你把我的意思执行得这么好。"约翰先开口说话了,"要是没有你的帮助,恐怕这里都是乱七八糟。"

这下麦克纳特放心了。看样子有钱人绝对可以接受第一份账单。

"我也是尽最大努力,先生。"他说。

"你做得非常好,"约翰回答,"希望花费都在预算之内,那么情况如何呢?"

这下子麦克纳特的心一沉,他也退缩了,表情也立刻机警起来。看来即使是百万富翁,也不会想让自己被忽悠的。那么还是用第二份吧。即便这样,没准这位老爷还会杀杀价呢。

"最近梅尔维尔的东西什么都涨价呢,"麦克纳特支支吾吾地说道,"工钱要价也都涨了,小伙子们要是拿不到像样的工钱都不愿干活。"

"现在确实哪里都是这样,"约翰回答道,一边思考着,"那么咱俩私下说,麦克纳特,我其实很高兴现在形势这么繁荣,工资也比以前高了呢。每天都辛劳工作的人本来就该多拿些不是吗,毕竟大家都是为了生计辛苦奔波。劳动力获得足够多的报酬,这样才能给财富奠定良好的基础。"

这下子麦克纳特高兴了,非常庆幸自己把第一份账单带了来。

"租马匹也不便宜,木材啊,钉子啊,都涨价了,"麦克纳特继续说道。"为了买那些牲畜,我花了将近六十块呢。"

"我猜他们准是多要你钱了。他们知道有个城里人来买那些动物。不过我知道你肯定不会让我就这么被这些人当冤大头的。"

"噢,当然不会的,梅里克先生!"

"而且马厩里的那匹马也又老又不好使。"

这下子麦克纳特绝望了。他为什么没想到那匹"又老又不好使"的马也该收一笔钱呢?现在加在账单上也晚了。于是麦克纳特按下愤懑回答道:"那匹马就是这个地方的,一直在农场里,是老哈克斯和诺拉的。"

"幸亏你提醒了我,跟我说说他们的来头吧。"约翰语气严肃起来,问道。

这时候露易丝正从房子里走出来,她优雅地走到草地上,坐在约翰身边,手里拿着一本没有打开的书。

"也没有什么可说的,先生,"麦克纳特说,"老韦格船长来这的时候就带着哈克斯夫妇。您知道的,老韦格以前在海上,所以等他退休的时候他就找了这么一片地方,想离海要多远有多远。"

"那倒是有点奇怪,水手通常一辈子都想离海边近点。"约翰若有所思地说。

"嗯,韦格船长比较特别。他来这的时候我还是个小孩。记得他带来了一个哭丧着脸的女人、哈克斯和诺拉。我猜哈克斯以前也是个水手,不过他从来没有说过这些。老船长买了这座没啥收成的农场,盖了这房子。这事要我说,是个人都会觉得有点古怪。"

"是有点怪。"约翰表示同意。

"但是最奇怪的,其实是他根本就没有在农活上花心思。人们说他有些闲钱,都用来盖这个房子了,然后每天坐下来抽烟,一抽抽一整天,总是一副心情不好的样子。老哈克斯种了梅子,还照看果园和牲口。可是韦格船长什么也不干,每天只是抽闷烟。梅尔维尔的人都不敢招惹他。他唯一的朋友就是疯子威尔·汤普森啦。"

"疯子?"

"疯疯癫癫的。"麦克纳特说。他坐在草坪的长凳上,有些紧张地原地挪了挪,继续道,"不过那不相干,反正过了些日子,老韦格船长有了个孩子。孩子还小的时候,那个每天哭丧着脸的女人就病死了。老韦格给她办了一场体面的葬礼,然后继续抽他的老烟管去了,和以前没两样。后来他也死了。约瑟夫,就是他那个儿子,那会儿大概十六岁的样子,就跑了,打那以后谁也没见过他。"

"他是个好小伙子?"约翰问。

"大家都挺喜欢约瑟夫的。不过他有点像他老爹,经常愁眉苦脸的。他和埃塞尔·汤普森,就是疯子威尔·汤普森的孙女,经常一块玩,不过连她也不知道约瑟夫为什么心情不好。也许是因为他老爹死了的缘故吧。埃塞尔也不知道他去哪了。"

约翰若有所思,但是没有再问。而麦克纳特似乎松了口气。可这时候必须得拿出账单来了。不过听了约翰的话,麦克纳特不禁感到一丝愧疚。

"我想要好好报答你的工作,所以很愿意付给你一笔值当的酬劳。不过你也明白,我不想被你或者梅尔维尔的其他当地人当成冤大头。"

约翰的语气非常坚定,麦克纳特听了甚至感到一种畏惧。他伸手去口袋里够那张费用比较合理的账单,递给约翰。可账单递到对方手里以后,他才意识到错把第一张账单递过去了,顿时感到无比绝望。

"这个,嗯,这个就是我算的账。"麦克纳特结结巴巴地说。

约翰开始用眼睛扫这张账单。

"普利茅斯是什么?"他问道。

"是,是鸡,先生。"

"一美元一只鸡?"

"那个那个,都是优良品种,先生,我自己养的。"

"嗯，不过你要了两次价。"

"啥？"

"你看这写着：'十二只普利茅斯，十二美元。'然后后面又写着：'十二只普利茅斯，十八美元。'"

"噢，是这样，先生，你看，我先卖给你十二只，一美元一只的那种。然后我想到，这些鸡年轻力壮，您可能想吃了它们，然后这十二只不够吃的，所以就又添了十二只品种更好的，一块五一只。这也算好价钱了，因为这些鸡已经比较老，不好吃了，就是用来下蛋刚刚好。"

"这些鸡都在这吗？"

"每一只都在这。"

"那很好。我很高兴你把它们带了来。这头牛的价格还算不错，买新泽西奶牛的话也算是个好价钱了。"

"没错先生！"麦克纳特高兴地附和道。

"你们大家的工作，像刷墙什么的，也做得非常不错，我很满意。那么这么算下来我给你的那五百块钱应该还剩下一百四十美元。"

"都在这呢，先生，"麦克纳特说，一面从账本里拿出钱来。身上另外一个地方，他还藏着更多的钱。如果拿出来的是那张费用较少的账单，就需要把那些钱也还给约翰。

约翰接了钱。

"你是个诚实的伙计，麦克纳特。"约翰说，"说实话我都没指望能拿回一块钱来，因为一般如果有机会，人们总是想占陌生人便宜。所以我非常感谢你的诚实，也非常感谢你的工作。希望你这个早上过得愉快。"

麦克纳特这时候则非常后悔，觉得把钱就这么都还回去真是"大笨蛋"。其实稍微再动点脑筋,他就可以把那笔钱私吞啦。这让他觉得简直是自己的耻辱。这辈子什么时候才能有机会再赚一百四十美元啊?唉,自己真是个笨蛋。用麦克纳特自己的话说,是个"天打雷劈、就知道满嘴跑火车的蠢货"。

回家的这一路上,麦克纳特都在想自己怎么这么没有生意头脑,因此决定要想办法从"好骗的有钱人"那再多弄点钱。

"那个人刚刚不是诓了您的钱吗?"等麦克纳特走远了,露易丝问道。

"没错,亲爱的。不过我不想让他知道我知道这一点。"

"我猜也是。还有啊,韦格农场的故事听起来真是又浪漫又不同寻常呢。"露易丝饶有兴致地说,"您难道不觉得这事很神秘吗?"

"神秘?"约翰高声叫起来,"我的老天,露易丝,你是小说看多了。这种地方不会出现什么传奇浪漫的故事的。"

"可是我倒觉得,就是在这样的地方,才最可能有传奇的事情呢。"露易丝坚持说道,"您想想,一位从海上退下来的老船长,隐居在内陆,除了总是咧着嘴笑的老水手、瞎了眼的管家,身边没有别的人。当然,他面色苍白的妻子也在,而她似乎整天愁眉不展的。那么您觉得她是什么样的人呢?"

"我不会无端想象的,"约翰笑眯眯地说,一面轻轻地拍了拍露易丝,"她是谁不重要。"

"我觉得这很重要,这是整个神秘故事的关键。就算她有了孩子，也还是开心不起来。即便老船长给她盖了漂亮的房子也无法取悦她，她还是日益衰弱，最后去世了，然后……"

"然后你的浪漫故事就结束了，露易丝。"

"不是的，这让故事更有意思了。男孩就在这个不开心的地方长大了，沉浸在母亲的悲剧中。而他那郁郁寡欢、固执沉闷的父亲又突然去世了。您说他会不会是被谋杀的呢？"露易丝说到这压低了声音。"是不是儿子在为母亲报仇？"

"我的天哪，露易丝！你这是写剧本呢！这一大早的，你就想给我的农场编排一场谋杀案了？干脆告诉你吧，你这都没有道理。约瑟夫·韦格跑到了外边去闯荡世界，想做一番自己的事业。道尔少校用我的钱帮了他忙，而男孩子把这农场抵押给了我——摆脱掉这地方也算他明智，当然现在成了我的，我倒是很满意。少校很喜欢约瑟夫，说他是个可靠的年轻人。他还是个发明家，虽然运气不好。我敢肯定他以后一定会有所作为，成为一个体面的人的。"

说完，约翰就站起身来，踱到了谷仓，饶有兴致地看了看新出生的小猪。露易丝仍然在草地上坐着，把手搭在膝盖上，陷入了沉思。

第七章　露易丝发现神秘事件

露易丝·梅里克是几个姑娘中年龄最大的，刚刚过了十八岁生日。在城里，她一直热衷于追求时尚，而这都是拜她世故精明的母亲所赐。因此，露易丝就像社交场上的花蝴蝶一样引人注目。她的两个表妹都觉得露易丝很肤浅，有些矫情，而且很容易受人影响。不过在三个姑娘中间，露易丝又是性子最平和、最叫人愉快的一个。通常在受到考验的情形下，露易丝能够保持冷静和风度。这么一来，大家都喜欢和露易丝相处，男士们尤其欣赏她优雅的举止和活泼有趣的性格，而露易丝漂亮的脸蛋和浓密的金发、讨人喜欢的神态，更是叫人着迷。有人传言说，露易丝已经和城里一个颇有地位的年轻人——亚瑟·威尔顿订了婚。但是约翰否认了这种有可能让他失去一个宝贝侄女的传言，他放出话来说，露易丝还太年轻，没有考虑结婚。

远离了她那市侩的母亲和不那么体面的生活环境，露易丝现在更有主见，行为举止也更自然了。所以说，即使露易丝有缺点，也是后天教养的问题，而不是天性使然。

不过，有一点毋庸置疑，那就是露易丝·梅里克的的确确是个聪明姑娘。她脑子很快，而且十分善于研究别人的性格。人们很容易看到她肤浅的一面，却总是忽略她的单纯善良。虽然说，如果不摆出那些引人注目的漂亮姿态、不穿戴那些时髦的衣饰，露易丝可能更讨人喜欢，可那样就不是露易丝了，别人反而更不容易读懂她。帕琪和贝丝都觉得自己很了解露易丝，也很欣赏她，甚至喜欢她，只是称不上有多么爱这个表姐。约翰也觉得自己很了解露易丝。虽然她身上有些明显的不足之处，他仍然很为这个最年长的侄女骄傲。

　　这段时间，露易丝读的消遣类文学比较多，其中也包括一些侦探故事，所以对她影响不小，甚至从韦格船长的事里都能嗅出点悬疑小说的味道。其实对这里发生的事，梅尔维尔附近的普通居民们，也就是茶余饭后闲聊时随意猜测一番，从来也没有猜到点子上。如今，连露易丝刚听到的这些，人们也忘得差不多了，而且很快就会把这事全部忘得一干二净——除非这个好奇的姑娘自己发现了什么新线索。

　　一开始，她并没有把这事情看得多严肃，只是想将研究老船长的故事当作此次在梅尔维尔避暑期间的消遣罢了。露易丝还自嘲地想，这下子把自己搞得像个业余侦探似的。而这一行，应该是很惊险有趣才对。

　　可是这么被约翰呛了一下子，露易丝倒警觉起来，决定先不把自己的怀疑和准备做的调查告诉任何人，等到她的调查结果能让所有人大跌眼镜的时候再公开，或者等实在需要帮助的时候再告诉别人。

　　露易丝觉得这个想法很聪明，很快就进入了状态，认真整理了一下目前了解到的信息，并且思考了这个悬疑故事的几个重要线索是如何发展的。

　　首先，韦格船长肯定很有钱，才能盖这么一幢房子、留两个仆人在身边，而且在农场没收入来源的情况下，过了好多年衣食无忧的日子。他死了以后钱去哪了呢？为什么他的独生子非得到外边去自己闯荡，而不留下来继续生活呢？

　　第二，这个沉默寡言、脾气暴躁的老韦格，娶了一位年轻的女子，那么很可能对方有迫不得已之处。而这个妻子过得非常不愉快，没多久就去世了。这个女人又是谁？为什么这么不开心，这么绝望呢？

第三，老船长唯一的朋友是个疯子，名字叫威尔·汤普森。那么他是一直都疯疯癫癫的呢，还是老船长死了以后才发疯的？是什么可怕的东西把他弄疯的呢？

第四，汤普森的孙女埃塞尔，和韦格船长的儿子青梅竹马，好像彼此有好感，人们可能以为他们以后会结婚呢。可是他的父亲突然去世，小韦格就不辞而别，留下了他心爱的姑娘。为什么要这么做呢？肯定是发生了什么事，阻止了他们结婚。

第五，就要考虑到老哈克斯和他的盲人妻子了。他们究竟知道多少老船长过去的秘密呢？这个哈克斯脸上永远挂着的微笑，和妻子平静的表情背后，究竟藏着什么样的悲伤记忆？

总之，这里肯定有足够多的疑点让人兴奋、好奇起来，绝对值得探究一番。而且最后还有一些人可以给她提供线索。那个中介商麦克纳特，知道的明显不止告诉他们的这些；老哈克斯和他的妻子、学校的女教师埃塞尔·汤普森，肯定都知道很多东西。可能还有其他人可以帮上忙，但这四个人中间肯定有人知道真相，而露易丝十分乐意把事情查个水落石出。所以她想好后就迫不及待地采取行动了。

等约翰看完猪回来，露易丝对他说道："亲爱的约翰大伯，我想了想，觉得我们应该见见那位帮我们布置这里的年轻女士，好好地谢谢她。"

"那是当然。"他回答道。

"我们今天上午可以骑马过去吗？"

"贝丝和帕琪准备到湖边散散步，然后划划船、采莲花呢。"

"那咱们就也一起吧。我们可以邀请那位小姐来这里和我们共度一天,这样帕琪和贝丝也可以见到她。"

"这个主意不错,露易丝。我还在想今天早上该做些什么呢。那就告诉老哈克斯把马车准备好吧。"

露易丝迫不及待地行动起来了。老哈克斯似乎很吃惊,始终笑着的脸上掠过一丝好奇。不过他什么也没有问,就去把马用缰绳套在马车上了。

露易丝站在原地看着他。

"虽然你以前是个水手,不过你的手还真是灵活呢。"露易丝说。

"可是水手的手必须要灵活啊,小姐。"哈克斯回答道,一边解开缰绳皮套上的扣子,"谁告诉您我以前是水手的来着?"

"我猜的。"

这时候,看样子哈克斯不愿意再多谈这个话题,而露易丝问道:"你和韦格船长一起出海吗?"

"有时候一起,小姐。好了,老马老丹已经准备就绪了,记得不要使劲拽马嚼子。老丹的嘴巴不结实,一拽,它就不愿意往前走啦。要是它往前拽,就让它休息一下,然后和它说说话就行了。老丹不坏,就是脾气差点。"

露易丝爬上破旧的老马车,操起缰绳。老丹低吼一声,慢悠悠地走了起来,载着露易丝走到了约翰身边。

"让我驾马车吧,我比较了解老丹。"她说。

"嗯,我是不太了解它,"约翰用他特有的那种怪怪的腔调回应道。他坐到了露易丝旁边的位子上,"我不明白这匹马怎么能从哥伦布发现美洲大陆起活到现在,也不明白它能干什么,更不明白怎么没有人在它脑袋上狠狠敲一下。"

老丹转过那张又瘦又长的脸来盯着约翰,好像要给这个不礼貌的乘客脸色看似的,然后又转过头去低吼起来,身体向前倾,拉着老马车慢悠悠地沿着石头小路往前走去。

"你知道汤普森一家住在哪吗?"约翰问。

"不知道。快走啊,老丹!"

老丹就这点好,听得懂人吩咐。

"托马斯!"约翰在座位上转过头来向后叫道,只见老哈克斯从谷仓里跑了出来,一路跑了过来。"你知道汤普森小姐的家怎么走吗?"

"埃塞尔小姐的家?"哈克斯一脸吃惊。

"对呀。我们正要去谢谢她为我们布置房子呢。"

"我,我觉得,她八成很快就会来这拜访您的,要么也许您想去汤普森家找、找她?"哈克斯结结巴巴地说,仍然微笑地看着他们,眼神却有些躲闪。

"嗯,不管怎么样,我们还是去吧。"约翰大声说。

"那、那就往左拐上主路,然后一直往前走就到他们家了。您不会错过去的。十字路口拐角的砖房就是学校的房子。"

"谢谢你,托马斯。露易丝,咱们继续前进。"

第八章　女教师小姐

这一路上，老丹只停下来两次罢工不走，可就是这仅有的反叛行为，也把约翰气得够呛，说回去的时候宁可步行，也不要再坐这匹"犟得要命的老古董"拉的车。

汤普森的房子乍看上去好像废弃了似的。两人走到门前敲门，久久没有回应。

"可能没人在家吧。"露易丝说。

"这条路可以通到后边，咱们往那边走走看看。"约翰说。

两人不紧不慢地绕到了房子后方，几乎要绕过房子了。这时候，一阵低吼打破了寂静，紧接着是第二声、第三声，就像愤怒的公牛在不停地咆哮一般。两人立即停了下来。露易丝吓坏了，紧紧地抓着约翰的胳膊。

"别动，威尔，停下！我说停下！"

伴随着一声叫喊的还有一阵尖锐的鞭子抽打的声音，接着是几声呻吟，然后一切又安静了下来。

约翰和露易丝面面相觑，都一脸愕然。

"他的情况肯定更严重了。"约翰说，一边用手帕擦了擦额头。

两人一齐原路返回。这时，又有新的声音打破了平静。不过这一回，是清脆温和的声音，正在唱着曲调欢快的歌。

"那肯定就是埃塞尔了。"露易丝兴奋地说。

"那么我们该做些什么呢？"约翰问。

"那位先生，那位疯了的先生，现在应该消停了，"露易丝小声说，"咱们尽量找到那个姑娘吧。"

他们这一次穿过这条小路,来到了房子后面一座漂亮的小花园。埃塞尔正在照料花圃。她穿着条纹格子裙,戴着太阳帽,正屈膝跪在路旁,伸出修长的、晒成古铜色的胳膊,给花圃除草。不过两人走过石子路发出的声音还是引起了她的注意。她抬头看到访客后,立即站起身来面向他们。

露易丝热情而优雅地向埃塞尔进行自我介绍,也介绍了约翰。然后埃塞尔领着他们来到花园的长凳旁,请他们坐下。

"天气真是不错,"埃塞尔说,"比起屋子里,我一直都更喜欢待在花园里。爷爷的病也把这幢房子弄得特别不适合待客。"

露易丝惊讶于埃塞尔的坦率,而约翰忍不住咳嗽了几声,好掩饰他的尴尬。

"我希望,嗯,希望他的情况正在好转。"约翰说。他自己也不清楚该不该触碰这个敏感的话题。

"他一直都是这样的,先生。"埃塞尔平静地回答道,"我猜他们已经告诉你我爷爷是个疯子了吧?我们家的问题,这附近的人们都非常清楚的。"

"我猜他并不会给人造成危险吧?"约翰大着胆子问道,不禁想起了刚才听到的嘶吼声。

"噢,一点也不。他腰部以下都瘫痪了。可怜的爷爷,他不会伤害任何人的。不过他总是时不时地大吼大叫,的确叫人听了会不舒服。"埃塞尔说。她似乎有些沮丧,估计是刚刚意识到他们可能听到了刚才的吼声。

"那么他这样已经很久了吗?"露易丝问道。

"从我记事起,爷爷的精神状态就一直不太稳定,性格也古怪。"埃塞尔平静地答道，"但是他头一次表现得那么激烈，就是韦格船长去世的时候，大概是三年前吧。爷爷很喜欢老船长，而老船长死的时候他又刚好在场，所以他受了刺激，就疯了。"

"那么他瘫痪是在那之前的事吗？"露易丝关切地问道。

"不是的。他刚刚发疯，身体也就立刻瘫痪了。医生说是因为脑子里有一根血管破裂了，一切都是这个造成的。"

接下来大家都陷入了沉默，气氛有点尴尬。这时候，约翰开口了，想要转移话题："这座老房子真不错。"

"的确如此，"埃塞尔听了很高兴，"而且这是山脚下盖的最早的房子之一。我的曾祖父是这附近最早的一批居民中的一员，一开始住在现在的磨坊那边的一座小木屋里。大家那会儿都叫他'小比尔汤普森'，因为他个子不高，身体又精壮，和爷爷完全不一样。爷爷以前有六英尺高。小比尔山和小比尔溪就是以他的名字命名的。曾祖父在这片地方成功地养了好多群羊，并在他去世前盖了这幢房子，因为他觉得比起以前的小木屋，这里地段更好。"

"花园也非常漂亮。"露易丝开心地说，"你是在这边的那座砖砌成的学校里教书吗？"

"是的。爷爷很多年前盖了那座学校，从来没想到我会在那教书。现在学校归郡里管，他们付给我工资。"

"你教书多久了呢？"

"两年了。现在我必须教课了，因为爷爷不能动。不过他还剩点积蓄，再加上我的工资，我们生活得还不错。"

"非常谢谢你帮我们布置农场的房子，"露易丝说，

"如果不是你的好心帮忙,那里的条件根本不会这么好,我们也可能会非常失望呢。"

"噢,没什么,我真的很享受整个布置房子的过程。"埃塞尔答道,"现在学校放假,能找到些事情做我很开心。我只是担心我没能把那些漂亮的家具安排好。"

"你摆的家具我们一点都没有动,"露易丝赶紧说,"你肯定觉得这个活很枯燥吧?得把每一件东西从箱子里拿出来,拆掉包装,一样一样地收拾妥当。"

"汤姆和诺拉都帮了大忙。他们俩都很喜欢我,也理解我的意思。麦克纳特也找来了很多帮手,所以重活也有人干。"埃塞尔解释说。

"你和哈克斯夫妇认识很长时间了吗?"约翰问道。

"从我记事起就认识他们了,先生。他们很多年前随韦格船长一起来到这里的。"

"托马斯是不是总是笑眯眯的啊?"露易丝问。

"他一直都这样,"埃塞尔笑着答道,"这表情很奇怪不是吗?一个人脸上一直挂着笑。不过汤姆脾气好,从没有生过气,没有伤害过任何人或任何东西,可也没有为什么事特别兴奋过。所以说起来他一直笑眯眯的也不是没道理。韦格船长去世、爷爷发疯以后,老哈克斯脸上也仍然挂着微笑,和以前没两样。倒是有了他,大家的心情还能好一些。"

露易丝长吁一口气。

"那这样的话,他的笑脸是不是就像面具,在隐藏他的真实感情呢。"露易丝说。

"我觉得不是。"埃塞尔认真想了想说,"他的确是习惯了,脸上表情一直是笑着,但要说他是装的倒不会。托马斯是个思想很简单，人很厚道的老伙计。也许笑着面对一切是他的一种信仰吧。我肯定他没什么好隐藏的。他对盲人妻子的爱也很感人。"

"对了，诺拉的眼睛看不见有多久了？"

"可能她一直这样吧。我也不清楚。但是她总能不借助灯光就清清楚楚地找到路，实在很神奇。韦格船长以前经常说，诺拉是他认识的最好的管家了。"

"他妻子在世的时候不帮他照看房子吗？"

"我不记得她了。"

"人们说她过得不快乐。"

这时埃塞尔垂下了眼睛，没有回答。

"那么韦格船长呢？你喜欢他吗？"约翰问道，"你知道，我们买了他家的房子，所以对这家人自然很好奇，想知道以前住在那的人是什么样的。"

"那是自然。"埃塞尔说，接着叹了口气，"韦格船长一直对我还算友好，但是这里的人们都认为他脾气暴躁。"埃塞尔停顿了一下，接着说道，"比起船长，他儿子对我更友好些。但是我觉得船长过得并不开心，所以即便他的过去留下了难过的回忆，我也觉得我们不应该过多地责怪他。"

"那么是什么让他过得不开心呢？"露易丝立即问道。

埃塞尔笑了笑。

"这个问题还没有人可以解答呢。老船长性情忧郁，对此从来闭口不谈。"

这时，露易丝的侦探本能又苏醒了。她大胆地问道："是谁杀了韦格船长呢？"

埃塞尔又笑了笑，回答说："一个叫做心脏病的坏人。

跟我来看看我的花园吧，这方圆几里都没有这么漂亮的玫瑰了。"

露易丝现在坚信她取得了可观的进展。埃塞尔透露了许多线索，证实了一些她原本的怀疑。不过埃塞尔这个单纯的乡下姑娘可能没有想到，身边会发生可怕的悲剧。

露易丝很快就怂恿埃塞尔到农场去和他们一起玩一天。而约翰也很喜欢这位金发女教师的谦逊和坦诚，也真诚地邀请她去。

不过说到回家，这倒让约翰想起了那匹老马老丹。

"你知道从哪能买一匹像样的马吗？"

埃塞尔想了想，然后微笑着说，"您愿意从我这里买一匹吗？"

"当然了，亲爱的，如果你这真的有的话。"

"是我的小乔。以前，我爷爷最喜欢这匹马了。现在我们没什么活给它干，因为我总是骑我的那匹小马。我奶奶总是说，这马光吃不干活，所以我们很愿意卖掉它。您可以跟我到谷仓来见见这匹马。"

看起来，小乔的确是一匹好马，而埃塞尔向约翰保证，小乔又聪明，脾气又好。

"那边那辆马车你还在用吗？"约翰指着一辆几乎全新的马车问道。

"很少用了，先生。奶奶会很高兴把车和马一起卖掉的。"

"我正需要这个呢。"约翰高兴地说，"算上小乔、它的缰绳套索和这辆马车，一共需要多少钱呢？"

"我去问问奶奶，看她要多少吧。"

过了几分钟，埃塞尔回来了，开了个价，让约翰瞪大了眼睛，觉得很好笑。

"一百美元！你这是把我当强盗了啊，小姑娘。我知道马匹的价钱该是多少，以前也买过不少了。你的小乔年轻力壮，看样子是匹好马，就算是一百五十美元，也算是贱卖了。而那辆马车，少说也值七十五块钱。再把缰绳套索算上二十五，我一共给你二百五十美元，一分不多，一分不少，怎么样，埃塞尔？"

"不用了，真的，如果卖给这里的人，我们怎么也卖不到一百块钱的。"埃塞尔说。

"那是因为你的邻居们都是些乡下人，花不起钱买这么好的东西。所以不管买什么，他们能给你一半的价钱就不错了。但是我不能占你便宜。我给你的这个价钱，已经比在城里要低了，是笔好买卖。在城里，他们至少要收我五百美元，而现在我正需要这些呢。怎么样，埃塞尔？"

"可是已经定好了，就是一百美元，梅里克先生。"

"我不会就这么付钱的。让我和你奶奶谈谈。"

"她不见人的，先生。"

露易丝机警地抬起头，又发现了新的线索。

"她身体不好吗，亲爱的埃塞尔？"露易丝轻声问道。

"她现在能照顾爷爷，还能帮露西阿姨做些家事。"

"好了，那么咱们回家吧，露易丝。"约翰沮丧地说，"我当然希望能驾着这匹好伙计回去，不过咱的老丹也还能凑合地送我们回家。"

埃塞尔笑了。"您可以接受我们的开价嘛。"她建议道。

"好吧，告诉你我会怎么做吧，"约翰停顿了一下说，"咱们把零头去了，我给你两百美元这总可以了吧，就算是我捡了个大便宜。"

"可我不能这样做，先生。"

"这也算是弥补你布置房子的工钱了。"约翰继续说，语气已经带有恳求的意味了，"你开的账单要的太少了，一半都不够。"

"我的账单？"埃塞尔吃惊地问道。

"我付给麦克纳特的账单里列着你的一份。"

"可是我没有要钱啊，先生。帮邻居这点忙，我不能收一分钱。"

"噢！那么是麦克纳特把这钱给吞了。"

"天哪，真是太抱歉了，梅里克先生。我告诉佩吉我不收钱的。"

"唉，算了，咱就不争论这个事了。那么我可以把小乔拴到马车上了吗？"

"如果您愿意，我可以帮您。"

约翰牵着小乔出了马厩，然后和埃塞尔一起把缰绳和马鞍上好。埃塞尔比许多男人都更了解应该怎么扣马鞍的搭扣。而露易丝只好在一旁看着，观察埃塞尔熟练的手法。

约翰接着把老丹和破旧的马车一起赶进了汤普森的马厩。

"我会让哈克斯来把它接走的。虽然说起来还不如在脑袋上给它一下子算了。"约翰一边解下破旧的缰绳一边说，"好了露易丝，上车吧。"

"周四一定要过来啊，汤普森小姐？"露易丝问道，边说边从约翰的手里拿过缰绳。

"这么开心的安排我肯定不会忘记的。"

约翰拿出钱包,从里边拿出一叠钱塞到了埃塞尔手里。

"我们回去吧,露易丝。"他说,"祝您早上过得愉快,亲爱的。周四见。"

见马车驶离庭院,拐上了主路,埃塞尔打开了那卷钞票,手有些抖。

"要是他敢……"不过埃塞尔没有继续说下去,脸上露出一个满意的微笑。

约翰给她的钱不多不少,整整一百美元。

第九章　圣人的生活

星期三下午，麦克纳特驾着他那绷着脸的母马拉的车，又来到了韦格农场。他这几天一直在考虑，怎么才能从有钱人那再弄几个钱。他思考得很带劲，现在脑子里装满了新念头。

就在这天早上，他有了新的灵感。麦克纳特做过许多行当，其中就包括书籍代理商。凭借着坚持不懈的努力，他曾向附近的农民们卖出过许多本《圣人的生活》。这本书进价九十美分，卖出去的时候是三美元一本，净赚了一大笔。这些书用的纸张都很便宜，插图也印得不怎么样，很多地方线条都不清楚。封皮还算装帧不错，红底金字。可是中间出了些岔子，三本书被退了回来。而这次他找客户又那么卖力，可已经找不到别的推销对象了。麦克纳特于是把这几本书放在他所谓的办公室束之高阁，一放好几年。现在，他觉得机会来了。麦克纳特洋洋得意地哼了一声，赶紧把书找了出来。约翰是新来的，毫无疑问，他肯定会买一本的。

一个小时后，麦克纳特就行动了。三本书上的灰尘已经仔细擦拭过，这会儿就放在身边。到了韦格农场，他把车赶上台阶，这才下来。

露易丝正在吊床里看书，抬眼一看，见麦克纳特正在后门一本正经地踱来踱去，胳膊下夹着那三本书。他随身带着书，为的是让这笔生意显得更像回事。

"有钱老爷在哪？"他问诺拉。

"你是麦克纳特先生？"诺拉问道，好像很困惑。她听得出麦克纳特的声音。其实所有打过交道的人，声音她都听得出。

"那个有钱老爷，就是这的主人，梅里克先生。"

"噢。我想他应该和汤姆一起在谷仓里。"

麦克纳特来到谷仓，约翰正坐在一只翻过来的桶上，看老哈克斯给小乔的马鞍上油。麦克纳特走上前去，恭敬地鞠了个躬。

"先生，请原谅我这么快就又跑来给您添麻烦啦。"他说，"可是我这有三本有名的谈论圣人生活的书，这个版本看上去可是……"

"你有什么？"

"一部书，先生，这个版本非常好。这是本好书，而且已经绝版啦，就剩这三本了，我敢肯定，很多人都愿意花大价钱买呢。"

"你挡住光线啦，麦克纳特。"

麦克纳特赶紧挪了挪位子。

"这些书啊，先生……"

"噢，书就算了，你还是拿走吧。"

"啥？"

"我不看小说。"

麦克纳特挠了挠头，对约翰的拒绝十分不解。通常这一番的说辞就可以把书卖出去了。这时候，不知是不是挠头挠出了灵感，他又有了个点子。

"有位年轻小姐不是爱看书吗，先生……"

"噢，姑娘们带的书已经多得看不完啦。"约翰说。

这下子麦克纳特有点绝望了。

"可是那位吊床里的小姐，先生，我刚刚经过她的时候，她说让我告诉您，她很想要一本，希望您买给她看呢。"

"噢，她这么说的？"

"是呀先生，她很想要呢。"

约翰正在看托马斯打磨一个搭扣。

"这书正派吗？"他问。

"没有比这更正派的啦，先生，这书讲的全都是圣人……"

"多少钱？"

"价钱不低，先生，三美元，但是这书……"

"好了好了，这是三块钱，你拿了钱就可以走了，我正忙着哪。"

"抱歉打扰了先生。我把书放哪？"

"扔马槽那就行啦。"

麦克纳特选了一本一个角已经破损了的，小心翼翼地搁在马槽边上。然后他把钱往口袋里一揣，转身就要走。

"那祝您愉快，梅里克先生。"

"你先等一下。"约翰突然说。

麦克纳特停下脚步。

"我记得我给过你十美元，是埃塞尔·汤普森小姐的酬劳，有这么回事吧？"

"是……是的，梅里克先生。"

麦克纳特这会儿吓坏了，一脸犯了错被抓住的表情，一对淡蓝色的眼睛显得更往外凸了。

"嗯，好的，那么记得给她才是。"

"那是一定的，梅里克先生。"

"好了，没事了，你可以回去了。"

麦克纳特跌跌撞撞地走出谷仓，感觉糟透了，几乎喘不过气来，差点大声哭喊起来。那可是十美元啊！十美元就这么没了，就因为他一大早上到有钱人的地盘走了一遭。为了赚三块钱，丢了十块钱，这可不是什么好买卖。麦克纳特越想越气，觉得还不如在家待着的好。他应该知足才对。而刚才有钱老爷那严肃的样子，等于告诉他以后不要指望再从他那占什么便宜了。

即便是如此绝望，麦克纳特仍然能想起些自我安慰的事情，因为他觉得埃塞尔八成会拒绝这笔钱，这让他稍稍好受点。慢慢的，麦克纳特恢复了精神。他走到拐角，刚好看到露易丝在吊床里看书。

在某些方面，麦克纳特的确有些天赋。他从不放过任何机会。

"最后的机会就在这些小家伙身上了。"他自言自语，"我要让这个有钱人知道，和马什·麦克纳特过不去会付出什么代价。"

于是他加快脚步朝吊床走去。

"打扰一下，小姐，"麦克纳特尽量用最讨人喜欢的语气说道，"你舅舅在这附近什么地方吗？"

"他不是在谷仓吗？"露易丝抬头问道。

"我到处找了，找不到他啊。是这样，他那天从我这订了一本书，叫《圣人的生活》，我想，嗯，也许我可以把书交给您，您把钱给我，我好回家。"

露易丝饶有兴致地看着他。麦克纳特是她打算套出点韦格船长"悬案"线索的人之一，而她知道必须得对他客客气气的，才好让他多说一些东西。因此，她拿出钱包问道：

"那么我应该付给你多少钱呢？"

"三美元，小姐。"

"那么钱在这，你拿好。你的名字叫麦克纳特对吧？你在这地方住了多久了？"

"从出生起就一直在这了，小姐。谢谢您。祝您今天过得愉快，小姐。"

他把书放在吊床里她的旁边。

"请你先别走，"露易丝说，"我想问问你一些关于韦格船长的事，还有他那早就去世了的妻子……"

"下次吧，小姐，我真得走了。你可以在我的办公室找到我，随时都行。可是现在我真的有急事。那就再会了小姐，祝你今天过得愉快。"他把刚才的话又说了一遍，然后忙不迭地朝自己的马车走去。很快，他就上了车，催着那匹母马，以最快的速度沿着石子小路，一溜烟地走了。

露易丝有点吃惊，非常失望。不过想了想，她对着远去的麦克纳特露出一个狡猾的微笑。

"嗯，他不敢多谈，"露易丝喃喃自语道，"那就更加证实了我的怀疑，他肯定知道的比他说的多好多。"

与此同时，麦克纳特正马不停蹄地逃走，免得被人发现他把同样的两本《圣人的生活》卖给了同一家人。他还没有想过，以后会有什么后果，满脑子只想着眼下必须赶紧逃跑。

麦克纳特并不完全是杞人忧天。就在他不时回头看的时候，一眼瞥见约翰正从谷仓里走出来，手里拿着一本红色的书，朝吊床方向走去，而露易丝则坐起身来，手里拿着第二本书。这时候，两个人都丢下书，跑到石子路上，朝他喊起来，让他停下。约翰的声音听起来尤其愤怒。

但麦克纳特愣是假装没听到,也没有再往后看,只顾赶紧离开农场,庆幸自己跑得快。这时,不知是什么,让母马突然停了下来,也让麦克纳特突然出了一身冷汗。原来是贝丝和帕琪,俩人正散步归来,从一处田地往路上走,准备回家。

"他们正叫你呢,先生,"帕琪说,"你没有听到吗?"

"我……我耳朵有点背。"麦克纳特结结巴巴地说。他认出来两人也是约翰家的孩子。

"我想他们在叫你回去呢。"贝丝说。她一边看着远处使劲挥着手臂的约翰和露易丝,一边说。虽然距离已经有点远,听不到俩人在说什么,但是他们动作的意思还是很容易理解的。

麦克纳特不情愿地回头看了一眼,又忍不住浑身一阵哆嗦。

"我没时间回去了,"他说,这时候他又想出了一个新的点子,"不过我想你们也可以了。你看这本书,"说着麦克纳特拿出最后一本,"我想把这本书五块钱卖给他,但是你舅舅只出四块钱。你知道,我这个人不喜欢讨价还价,所以就走了。这会儿梅里克先生看样子是改变主意,打算给我五块钱了,但是我没那么计较。要是两位小姐能给我四块钱,就把这本书带给他吧。我很忙,还是要赶快回去的。"

帕琪见麦克纳特兴奋的样子忍不住哈哈笑了起来。

"还好我身上带着点钱。"她说,"不过你还是收了五块钱好了,免得舅舅还得叫你回去补给你。"

"好的,小姐。"麦克纳特高兴地接了钱,把书递给她。

约翰和露易丝看到了远处的这番景象，只见第三本红色的书也要从麦克纳特手里跑到自己人手里了，赶紧大喊大叫。而帕琪挥舞起自己手里的那本"圣人的生活"，意思是叫约翰放心，一边开始往回走，贝丝紧随其后。

麦克纳特立刻使劲挥动缰绳，把母马惊得一路小跑，赶在一家人互相能听见彼此说话之前，早就带着那一早上辛苦弄来的十一美元，跑得不见了。他想，即使埃塞尔接受了那十美元，他也还能捞到一美元呢。不过他敢肯定，埃塞尔不会收下的，这样那个有钱人一分钱也别想拿回去了。

这个时候，一向脾气不好的约翰，在看到两个孩子拿着第三本红底金字的书走来的时候，脸上的愤怒变成了不解。露易丝靠在铁轨外的围栏上，笑得上气不接下气。约翰也跟着笑了起来，说道：

"你们自打生下来，听说过这么大胆的骗子吗？"

"您准备怎么办呢？"露易丝问道，一边擦拭着眼睛里笑出来的泪珠，"报警把他抓起来吗？"

"当然不会了，亲爱的。就当花钱买了个教训、认清了这个伙计也值了。告诉我，帕琪，他问你要了多少钱？"约翰问道。

"五美元。他说……"

"不用管他说了什么，亲爱的。没关系，我就把这书加到我的藏书里吧。现在我这已经有三本《圣人的生活》了。幸亏买的不是猫，一只猫九条命，一只顶九只呢。"

第十章 扑朔迷离

第二天，埃塞尔·汤普森如约来到农场。这位笑容甜美、举止优雅的女教师立刻赢得了几个姑娘的好感。她比大家都年长，但是轻松惬意的乡村生活让她充满青春活力，性格也十分自然洒脱。因此，除了显得更稳重、有责任感，且值得信赖以外，大家并不觉得埃塞尔比几个女孩子老成太多。

四个姑娘又笑又跳，在松树林里轻松地散步。埃塞尔指给大家看了许多树林里她们以前没有注意到的角角落落，以及覆满青苔的小丘。几人顺着一条小路，爬过长满松树的小山，来到瀑布跟前。这里，小比尔溪飞流直下足足有二十英尺，落入一处长满岩石的水洼中。这里的水没有什么泡沫，清澈得就像水晶一般。女孩子们给这个水洼起了个名字，叫做"香槟酒杯"。大家脱去鞋袜，放在水池边，然后走进浅浅的水里嬉水、大笑起来。倒不是有什么好笑的事，实在是大家太高兴了。

接下来，大家沿着小溪往下游走，来到了一处林中空地。而梅尔维尔镇就位于此处下游一英里半的地方。埃塞尔告诉大家，主日学校一年一度的野餐会就在这里举行。接着，大家穿过岩石的平原，走回了农场。等回到家，几人肚子都饿了，正好享用玛丽做的美味午餐。整个下午，大家都待在房子旁边松树的树荫底下。

这个时候，姑娘们和埃塞尔已经彻底熟络了。几人不停地谈论着过去的事情，而埃塞尔则对姑娘们之前跟随约翰的旅行经历非常感兴趣。她们还十分坦诚地讨论了几人以前和珍姨妈一起生活的经历。珍姨是约翰的妹妹，她曾把三个侄女聚集到一处，想从里边选一个继承她的巨额资产。不过最后，是一个叫做肯尼斯·福布斯的男孩取得了继承权，得到了珍姨的全部财产，但是大家都对此没有任何异议。就是那时候约翰表露出了自己富有的身份，并开始照顾几个孩子。显然，这个貌不惊人、脾气古怪，但是非常善良和蔼的老伙计成功地让姑娘们过上了开开心心的日子。

讲述完最有趣的经历以后，几个姑娘也不知是有意还是无意，开始询问埃塞尔的事了。埃塞尔的故事很简单，之所以听起来有趣，是因为大家都很关心这位刚刚结交的朋友。埃塞尔的父母在她很小的时候就去世了，所以埃塞尔一直和爷爷威尔·汤普森住在一块。老汤普森曾是这附近过得比较富裕的人，年轻的时候是个精力非常充沛的农场主。

可是年纪大了以后，老汤普森就变得性格怪癖、不合群、自以为高人一等。在老韦格船长来到这个地方之前，工具店老板鲍勃·韦斯特是唯一和他关系不错的人。这一点，只要对梅尔维尔稍稍熟悉一点的人都知道。

韦格船长来了以后，两个人就建立了十分亲密的友谊。退休的老船长和自大的老农场主非常合得来，直到其中一个去世，另一个身体突然瘫痪，还变得疯疯癫癫的。

"我们一直认为，韦格船长的死对爷爷打击太大，他才精神失常的。"埃塞尔说，"事情发生的时候，他们两个在韦格船长的房间安静地坐着，和平时一样。外面的人突然听到什么东西倒下的声音和一声大叫，托马斯立即冲了进去，就看到爷爷趴在韦格船长的尸体上大声咆哮着。老船长好像有心脏病，以前经常说他最后肯定会走得很突然。这事情对大家打击都很大，但对约瑟夫打击最大。"

提到约瑟夫，埃塞尔的声音更加温柔了。帕琪立即问道："你能跟我们讲讲约瑟夫吗？他是个怎样的人？"

"当然，"埃塞尔说，"小的时候，我们经常互相串门，因此一直都是好朋友。爷爷常带着我来韦格农场。偶尔韦格船长也会带着约瑟夫来我家。约瑟夫是个内向的男孩子，但是很有想法，我猜这一点应该很像他的母亲。但是不知道为什么，他对自己的父亲怀有不满，也不喜欢这个地方。除此之外，约瑟夫心智健康，为人也很坦率、真诚。如果他不是成长在韦格农场这种阴郁的气氛中，而是别的好一些的环境，我肯定约瑟夫的性格会好得多。我从来不觉得他性格中乖戾的成分是他的错。韦格船长不让他去上学，而是在家里自己教他东西。而他在家学的东西很有限，约瑟夫又是个很有志气的孩子，自然会觉得不满足。我记得，我去特洛伊上学的时候，约瑟夫期期艾艾了好几天，因为他不大接受这种教育。他以前经常和我讲，如果他能够到外边的世界闯荡，一定会努力做些什么事。

"约瑟夫求他的父亲放他去闯荡的时候，韦格船长总是和他说，他总有一天会变得非常富有的，因此不需要去工作，也不用做什么生意。但是你也知道，这么说并不能满足约瑟夫的雄心。而等韦格船长去世的时候，他没有留下什么钱，只有这座农场。因此很明显，韦格船长出于自私，欺骗了约瑟夫。"

"而约瑟夫终于自由了。我唯一责怪他的就是他的不辞而别。我听别人说，他上了一所技术学校。记得他以前就一直对机械之类的东西很着迷。毕业后他就去了纽约，后来我就没有听到他的消息了。"

"你觉得韦格船长的钱去哪了呢?"露易丝问。

"不知道。很奇怪的是,我爷爷的积蓄也几乎是在同一时间消失不见了。考虑到他现在的这副样子,也没办法告诉我们了。不过出租农场的钱和我自己教书的工资,也足够让我们过上舒服的生活了。虽然还是得省着点,但已经很不错了。"

"哇,这个故事听起来还真是传奇浪漫呢!"帕琪说。她听得非常入神。

"生活中有许多传奇的事情。"贝丝用她特有的不动声色的语气说道。

露易丝什么也没有说,但是她的心已经兴奋得怦怦直跳了。这个故事里隐藏着太多的悬念,她已经开始仔细一一思考了。等到埃塞尔离开农场回家的时候,露易丝仍然沉浸在韦格农场神秘的故事里。此时,她决心从脸上永远挂着微笑的老哈克斯那里探听一二。毕竟,韦格船长突然去世、老汤普森突然发疯的那天晚上,他是这场悲剧唯一的见证者。而老哈克斯在这里服侍多年,也是唯一可能知道整个悲剧来龙去脉的人。他跟随韦格船长这么久,一直替他保守秘密。必须要让老哈克斯开口才行。不过聪明的露易丝也知道,要么去哄骗,要么巧妙诱导,不然哈克斯是不会松口的。三年来哈克斯守口如瓶,这绝对不是没有隐情。露易丝计划先获得他的信任,让他出于为约瑟夫着想,相信说出真相才是最好的选择。

而埃塞尔娓娓道来的故事,也给露易丝提供了这场"谋杀"中的动机。现在她已经确定韦格船长肯定是被谋杀的了。韦格船长毫无疑问很有钱,而老汤普森也有不少钱。两个富有的好朋友生活在这偏僻的地方,连银行都没有,因此有理由相信，他们肯定将大笔的现金藏在身边。而知道这件事的某个人就为了钱犯下了可怕的罪行。韦格船长被杀，老汤普森则八成身受重伤，可能是头上遭到重击，所以才一直没有恢复过来。而由于老汤普森的钱也一同消失不见了，我们这位年轻的侦探就排除了他是凶手的嫌疑。

　　一开始，露易丝调查这件事仅仅是出于好奇和好玩，觉得亲自解开一个悬案的谜底很有吸引力。而现在，她开始觉得，自己这是在主持正义，为了帮可怜的约瑟夫·韦格拿回他应得的财产而探寻真相。而现在约瑟夫陷入了困境，可爱的埃塞尔小姐不得不在学校教书，如果拿回财产，大家的生活就不用这么辛苦了。想到这，露易丝调查真相的决心更加坚定了。

　　星期天下午，露易丝带着诺拉驾着马车在乡间兜风，耐心地向她描述沿途有趣的景物，诺拉听得非常开心。露易丝从一开始就对诺拉很好，而她温和、富有同情心的嗓音，也极大地赢得了盲人诺拉的好感。

　　两人往回赶的时候已经是傍晚了，沿途享受着夏天傍晚特有的惬意。露易丝这时开始巧妙地把话题引向了诺拉的过去。

　　"您和托马斯结婚的时候他就已经是水手了吗？"她问道。

　　"是的，小姐。他在老韦格船长的帆船'活泼的凯特号'上工作，而我在服侍玛丽小姐。玛丽小姐就是后来的韦格太太。"

　　"噢，我明白了。那么您那时候就看不见吗？"

　　"不是的，小姐。我们碰上那次大麻烦以后我才瞎的。"

"麻烦？噢，那真是太遗憾了，亲爱的诺拉。那么究竟发生了什么呢？"

老诺拉沉默了片刻，接着说道："我还是不要提它了。托马斯不想让我想以前的事。要是我哭闹起来，他就知道我肯定又在想以前的事情啦。"

露易丝有些失望，但是巧妙地转移了话题。

"那这位玛丽小姐，也就是韦格太太，你喜欢她吗，诺拉？"

"我非常喜欢她，孩子。"

"她是什么样的人呢？"

"她非常有礼貌、温柔可爱，而且是我以前住的地方最漂亮的姑娘。她的家庭也非常好，是那种有贵族气派的家庭，在当地没人比得上她。"

"我明白了。那么她爱韦格船长吗？"

"那是肯定的。自从她嫁给他，还让她一家人也都喜欢上了他。而且韦格船长特别以她为骄傲，眼睛里就只剩下了她一个人，好像她就是全世界。"

"噢，我还以为他对她不好呢。"露易丝说。

"不是的。"诺拉急着说，"那次大麻烦以后，嗯，这不光是我和汤姆的麻烦，也是韦格船长的麻烦。反正在那之后，韦格船长看着他心爱的玛丽每天哭个不停，也消沉下去了，心情再也没有好起来。他自己也深受打击。反正那件事之后，气氛就变得阴阴沉沉的了，这倒是没错。"

"你是说你们搬到农场以后？"

"是的，亲爱的。"

现在，露易丝准备开始从托马斯那里探听消息。不过她的进展非常缓慢。老哈克斯最喜欢的似乎是帕琪，而且不知道为什么，每次露易丝出现，老哈克斯就变得不怎么说话了。露易丝怀疑，虽然诺拉说她不想提及那次"大麻烦"，她还是告诉了哈克斯她们之间的那次谈话。

第十一章　三个业余侦探

"我听说韦格船长和埃塞尔的爷爷关系很好。"露易丝继续说,想从诺拉那再打听些什么东西出来。

"他们一直都是很好的朋友。"诺拉的回答非常简单。

"他们有过争吵吗?"

"我从来没见过他们吵架。"

"你认为他们的财产后来都去哪了?"露易丝问。

"我不知道,孩子。咱们是不是快到家了?"

"现在已经很近了。我真的希望你能对我敞开心扉,告诉我那个可怕的大麻烦是什么,诺拉。我也许可以想办法让你觉得宽慰些。"

诺拉摇了摇头。

"除了遗忘,没有什么办法能宽慰我啦。而要忘记,就不能谈论它。"诺拉说。

这次谈话虽然没有完全满足露易丝的好奇心,但她一点也不气馁。毕竟她正在一点一点地了解韦格夫妇的过去。她肯定,等弄清楚那个"大麻烦"究竟是怎么回事以后,就可以获得重大线索了。现在对于诺拉来说,也许还没到时候,没有办法无话不谈,不过,露易丝仍然觉得可能从老哈克斯那里探听出些什么。反正不论怎样,她肯定会试一试的。

至于这个"大麻烦"究竟是什么,露易丝脑海里已经有了十几种不同的想法。而她个人最倾向的,就是韦格船长肯定在海上犯下了什么大错,导致船沉了,而老哈克斯肯定也牵扯其中。这样他们就不得不放弃海上的营生,逃到内陆来,躲在这里才比较安全,不会被发现。而善良单纯的韦格太太知道了这种罪行，终日饱受心灵折磨，只能以泪洗面，她的丈夫最后也越来越消沉、阴郁。

露易丝不知道下一步该做什么。她忽然灵光一闪，决定把自己的秘密告诉两个表妹。倒不是因为觉得她们比自己能干，而是觉得她们俩可以发挥助手的作用，这样对她的调查很有帮助。另外，她的确很欣赏贝丝的沉着、判断力，以及敏锐的直觉。而帕琪也有种可以用简单的方法解决复杂问题的天赋。

贝丝和帕琪仔细地听露易丝讲述她对于韦格船长"谋杀案"的见解，以及她目前发现的疑点。露易丝还说明了她眼下掌握的信息，而这些信息让她更加确信了自己的推测，更加坚定了她的决心，要将真相查得水落石出。

"你们看，我亲爱的表妹们，这里的故事和这里的人很有意思，我们肯定会发现整件事情背后的秘密。"露易丝兴致勃勃地说。三人正悠闲地坐在右侧厢房树荫下的草地上，"想想看，一位出身很好的富家千金不顾家人反对，嫁给了一位不羁的海上船长，而她的女仆则嫁给了船长的助手。然后一件可怕的事情发生了——肯定是船长在海上犯下了可怕的罪行。也许和海岛有关，谁知道呢。不管怎样，接下来他带着一行人逃到了这么个偏僻的地方，远离了大海，连铁路都不通。然后在这座一无是处的农场上建了座房子，这就告诉我们他手里还有钱，不过接下来他就退休啦。在这里，韦格夫妇没有结交什么朋友，但是太太过得非常不开心，整日以泪洗面，很早就去世了，留下了一个可怜的男孩和他暴躁的父亲一起生活。而船长害怕被发现，都不让他去上学，只在家里教他一点东西。"

"也许船长的真实名字根本不是韦格呢。"帕琪说，看样子她很快就进入了状态。

"也许吧。他肯定会另外起个名字的，这样就更难被发现了。"露易丝说，"但是现在，听好了姑娘们，复仇者出现了。这么多年过去之后，不管当初韦格船长做了什么事，总之他的敌人发现了他隐居的地方，突然出现杀死了船长，然后可能拿走了钱。老汤普森，也就是埃塞尔的爷爷，正好在场。于是凶手拿了钱，然后……"

"噢，露易丝，那不大可能。"一直认真听的贝丝提出异议。

"为什么呢？"

"因为你把受害的一方想象得和加害者一样心狠了。我觉得当复仇者找到他的敌人的时候，即便会逼迫他的敌人放弃那份不义之财，也不会连老汤普森的钱一起抢走的。这点我敢肯定。"

"我同意贝丝说的。"帕琪也坚定地说。

"可是老汤普森的确在同一时间失去了他的钱，或者说，至少是不知去向。而且我肯定他一定是头上受到重击才发疯的。"露易丝说，语气也十分肯定。

大家都沉默着思考了一会儿。

"我倒觉得我可以解释这个问题。"贝丝说，"复仇者找到了韦格船长，嗯，就姑且认为事情如露易丝所说，他要求船长把钱还给他，威胁要让船长的罪行败露，去蹲监狱。这很正常对吧？可是韦格船长已经把钱花了很多了，不可能全数归还，然后埃塞尔的爷爷作为朋友，提出把自己的钱拿出来弥补不足的部分，这样船长就不用坐牢。这就可以解释为什么汤普森的钱也不见了。"

"如果是这样,我不明白,为什么这个人已经拿到了他的钱,还要杀人,而且要在另一个人的脑袋上狠狠地敲一下。"帕琪说。

大家都明白,这是个难解之谜。从每个可以想到的角度讨论了一番后,几人仍然没有得出确切的推论。神秘的悬案也许就是这样吧,总是叫人捉摸不透。

"我能想到的唯一比较合理的解释,就是那个复仇者拿到钱以后,和船长起了争执,然后一时失手犯下了罪行。"露易丝说。

"其实咱们整个'复仇者'的说法都是猜测而已。"贝丝平静地说,"我其实不大相信有个复仇者存在。"

"可是我们讨论过的船长犯下的大错,那个'大麻烦'的问题……"

"噢,我们不是要排除这个问题,"贝丝接着说,"我也不是说复仇者不可能是个善良的人,而老船长才是那个坏人。但是在现实生活中,复仇的人不会总是出现在那么巧的时候。所以我们也不能一口认定,这个故事里就的确有个复仇者突然出现。"

"可是你怎么解释杀死韦格船长的凶手呢?"露易丝提出异议。

"其他人也有可能知道他有钱啊,而且埃塞尔的爷爷也有一笔财产。"贝丝回答,"假设抢劫和谋杀与韦格船长过去犯下的错误没有关系,而凶手只是单纯地知道在这个人迹罕至的地方,可以很容易捞一大笔而不被发现。这样,在两位老人就这么安安静静地坐在右厢房,一点都没有防备的情况下,突然……"

"突然这位凶手出现了，杀死了船长，打晕了他的朋友，然后带着钱跑了。"帕琪兴奋地接话说，"这一次我们肯定猜对了。"

露易丝沉思了片刻。

"这里的确是荒郊野外，基本没有陌生人来。另外，陌生人也不可能确切地知道就是这两个人有钱。如果我们排除有人复仇这个假设，跟着贝丝的思路走，那么凶手就在梅尔维尔，而且不会被他周围的人怀疑。"露易丝说。

"天哪，露易丝！"另外两个姑娘都吓得不轻。

"我说姑娘们，咱们还是严谨一点吧，不要做只顾幻象的傻姑娘，光想着揭秘什么传奇的悬疑故事。"露易丝接着说道。这时候的她看上去格外优雅、有气质，"你们知道吗，我感觉好像是有一位神秘的复仇天使指引我们来到这座人迹罕至的农场，然后让我对整件事情产生兴趣，接下来把这个可怕的案件查个水落石出。"

"我的天！"帕琪叫道，"但你现在可不就在把这件事情传奇化吗，露易丝？照你这么想下去，哪怕在接下去的半个小时，你推断出我或者约翰是凶手也不奇怪。咱们还是从你刚才的最后一个假设接着说吧，我感兴趣的是，你怀疑那个可怕的凶手仍然潜伏在梅尔维尔，还在大家周围。"

"你别激动嘛，帕琪，"贝丝说，"这个问题很严肃，而露易丝也是认真在思考。如果我们要帮助她，我们自己也不能信口开河。现在，我们到的确可以在这附近找一找关键线索呢。我说的就是老哈克斯。"

"哈克斯！"

"说实在的,没有人比他更了解这两位财产被洗劫的人了。"

"你怎么能这么说呢?"帕琪十分不满。

"他总是在笑,肯定是在隐瞒些什么!"露易丝说。

"噢,不要这么说!"帕琪继续抗议。

"亲爱的,没人能一年春夏秋冬三百六十五天,不分白天黑夜,不管风吹日晒,每时每刻保持微笑。笑也总得有个理由吧。"

"当然不可能了,"贝丝表示同意,"老哈克斯性格很古怪,我认识他五分钟不到就发现了。"

"但是他很穷啊,"帕琪赶紧给可怜的老哈克斯辩护道,"他穷得叮当响。而且麦克纳特说,要是我们把哈克斯和诺拉赶走的话,他们就得去收容所了。"

"那不是问题。"露易丝平静地说。"如果我们这样想,哈克斯是个吝啬鬼,一心只想把钱攥在手里,但不想花,那么就可以解释他为什么要一直等待机会,然后伺机而动,杀死主人,掠夺他觊觎已久的财产了。记住,我不是说哈克斯就一定有罪,只是说我们应该考虑每一种可能性。"

"那样的话,如果老哈克斯是个吝啬鬼,肯定把钱藏在他能背地里把玩的地方,然后明面上继续当穷人。"贝丝补充说。

"我不相信!"帕琪仍然很固执。

"要是你总是让个人感情影响你的判断,就永远成不了优秀的侦探。"露易丝说,"我也真心希望哈克斯是无辜的,但是必须先仔细调查、观察他以后,才能彻底排除他的嫌疑。"

"我敢肯定，他和这件事一定有某种关联，"贝丝说，"而且就像露易丝说的那样盯着点哈克斯也没有坏处。"

"而且帕琪，你也可以试着从他那探听些什么出来，看看他会不会谈韦格船长被杀这件事。可能他会无意之间告诉我们些有用的线索，让我们找到真凶，这样哈克斯也就洗清了嫌疑。"

"可是为什么叫我去呢？"帕琪问道，"我和哈克斯关系不错，这么做我感觉就像在背叛他，诱导他承认自己犯罪一样。"

"如果他是无辜的，这样对他没什么坏处；"露易丝说，"而如果他有罪，你也不会想和罪犯做朋友的。"

"他比较喜欢你，亲爱的。"贝丝说，"这样他也许可以比较坦诚地跟你谈话，告诉你些什么。露易丝，还有一个人，或许也对我们有些帮助。"

"谁？"

"那个眼球像高尔夫球一样凸出的小个子家伙，麦克纳特。"

"这么说来，怀疑他倒是有点道理。"帕琪说，"我们都知道他的确会抢人家钱的。我觉得一个有足够的聪明才智卖给约翰舅舅三本《圣人的生活》的家伙，还是有两把刷子的。"

"他可没那么大胆子干这种事。"贝丝说。

"不过他的确很可能知道有用的线索。"露易丝说，"所以，我提议明天一早我们到镇上去找他谈谈。"

这个提议大家倒是立即一致同意。即便是三个侦探中最不积极的帕琪，也想尽快找到韦格农场神秘事件的答案。同时，她们也一致决定，要密切注意老哈克斯的举动。

而当天晚上，约翰付给哈克斯周薪的时候，贝丝刚好在场，注意到哈克斯接过钱的时候，手都因为激动而颤抖。

"你一般都拿到多少工钱呢？"约翰问。

"韦格船长死了以后，就一个子也没有啦，先生。"哈克斯回答，"我和诺拉都很高兴能有个待的地方，没想过什么工钱。"

"也是，这也没有别人让你服侍了。那么韦格船长还在的时候，给你们多少钱呢？"约翰想了想问道。

托马斯犹豫了一下，脸上堆满了笑。

"我的老主顾也是我的老朋友，所以我不会问他要多少钱的，因为我不需要那么多。"哈克斯低声回答。

"好吧，不过现在情况不同了，"约翰说，"你现在受雇于我，我就要定时给你工钱了。那么每星期十美元怎么样？"

"天哪，先生！"

"另外诺拉五美元。"

"您真是太慷慨了先生，我……我……"

"不要多想啦，哈克斯。如果你需要加薪，随时可以找我。"

就在老哈克斯接过钱的时候，贝丝看到他的眼睛里闪过一抹光彩，长满老茧的手也颤抖起来。很明显，老哈克斯很高兴收到钱。

她过后把这件事告诉了露易丝。第二天早上，她们又试探了老哈克斯一次。这一回，三个姑娘都在场。贝丝给了老哈克斯两美元，说是为了小小感谢一下他的照顾。一开始老哈克斯推脱了一下,但是大家劝了一劝,就欣然接受了,接过钱的动作和之前一样充满渴望。露易丝随后也给了他相同数目的钱,然后帕琪也给了他两美元。三人的慷慨把老哈克斯激动得眼泪都流出来了,不停地感谢她们。大家还注意到,即便是他流泪的时候,脸上仍然挂着笑,只是这种微笑看起来比平时悲惨一些,很让人同情。他把钱小心翼翼地藏好,好像觉得不该接受这些钱一样,然后赶忙又去干活了。

"嗯,这么说哈克斯到底是不是个守财奴呢?"等她们回来后,露易丝说道。

"他的确把钱抓得很紧,就好像爱上了这些钱似的。"贝丝说,语气有种既好奇又有些愧疚的意味。

"但是考虑到他一直这么缺钱,他和诺拉的生活条件都不怎么好,谁又能责怪他挣到钱会很高兴呢?"帕琪说。

不过不知为什么,这似乎并不能完全解释老哈克斯的举动。帕琪自己也叹了口气,想到现在老哈克斯身上背着这份嫌疑,忍不住打了个冷战。如果可以证明老哈克斯是个守财奴,那么贝丝是不是就这么误打误撞地找到了事情的真相呢?

但是帕琪不相信。如果老实的哈克斯都是装的,那么这世上还能相信什么人呢?

第十二章　引麦克纳特上钩

现在，三个姑娘已经对这项侦探任务非常重视，无暇顾及其他事情了。露易丝一心只想找到神秘事件的答案，而贝丝想要找到真凶，让他付出应有的代价，帕琪则想帮她认识这些被怀疑的人们洗清冤屈。这么一来，少女侦探铁三角就正式结成了。

不过大家都同意，这事要瞒着约翰，因为如果事情成功，就可以给这位好老头一个惊喜，同时也向他证明她们的机智勇敢。但如果现在就告诉约翰一切，那么就会招惹来无休无止的讽刺和善意的揶揄。要知道，他可是个没什么想象力和浪漫细胞的人，完全不能理解这种秘密调查中蕴藏的乐趣。

由于约翰对此事并不知晓，因而每当几个姑娘为了获得线索而表现出反常的严肃和认真时，往往让约翰摸不着头脑。

"你们这是怎么啦，姑娘们？"他有时会问，"你们在这过得不开心吗？是不是缺了什么你们喜欢的东西？是不是梅尔维尔太安静、太无聊啦？"

"噢，不是的。"女孩子们会说，"我们在这过得开心极了，不论怎样都不想离开这。"

他还经常注意到，几个姑娘总是聚集在别人很少经过的地方，用一种很迫切的语气低声讨论着什么，因此肯定有情况。约翰有点不满她们没有告诉自己，毕竟和几个孩子的交流已经成了他生活中乐趣的主要来源。现在，约翰仍然会每天穿上他那身特地准备的钓鱼行头，带上昂贵的渔具到小溪边钓鱼，却很难让孩子们也陪他一起去了。连帕琪也笑着说，她想钓的"鱼"在小溪里是找不到的。

很快，三个姑娘就如约去找麦克纳特，打算不从他嘴里把他知道的线索都问出来不罢休。一天早上吃过早饭后，三人就徒步走到了村里，在麦克纳特那间小"办公室"里找到了他。麦克纳特正坐在门廊上，这间所谓的办公室就是他那间小屋子的前屋。他穿着一身褪了色的衣服，一件格子衬衫，头上戴着一顶便宜的大草帽。他的那条假腿则漆成绿色，另一只脚光着。他的两只脚现在都搭在门廊的栏杆上，自己抽着一只玉米轴烟斗，两只向外凸出的、无神的眼睛，盯着几位不速之客。

"早上好啊，麦克纳特先生，"露易丝用欢快的语气打招呼，"我们来看看你还有没有书卖。"

麦克纳特长吁了一口气。一开始，他还以为几个人是来找他算账的呢。虽说他的良心还没有发现，但也时不时地为这次不光彩的交易感到些许后怕。

"舅舅想收集那本《圣人的生活》呢，"帕琪认真地说，"现在他手里的三本都各有特色，其中一本缺了好几页，另一本一部分印得上下颠倒了过来，还有一本一角破损了。所以他想多收集一些，看看还有什么样的，想问问你这还有没有。"

麦克纳特难以置信地盯着她们，一时不知道怎么回应。

"我……我手头没有了。"他结结巴巴地说，完全不理解这究竟是怎么回事。

"没有了？噢，真是遗憾。我们都很失望呢。"贝丝说。

"我们可都指望着你哪，麦克纳特先生。"露易丝轻声补充道。

麦克纳特不停地动着他那只健全的脚上的脚趾头，一边想,这些城里人还真是前所未有的傻蛋。

"如果你们再等上几天,我也许可以……"麦克纳特说。

"噢,不不,我们一分钟也等不了啦,"帕琪说,"约翰舅舅要么马上能拿到其他样子的《圣人的生活》,要么就会很快失去兴趣,然后也就不当回事了。"

麦克纳特惋惜地叹了口气。这么好的空手套白狼的机会,就这么不得不错过了。

"不过,你们总需要鸭蛋吧?"麦克纳特问道。他突然又想到一个好点子。

"鸭蛋?"

"我的鸭蛋绝对是你见过的最好的。"

"可是我们拿鸭蛋能干吗呢?"贝丝好奇地问,同时帕琪和露易丝正在努力不要笑出来。

"嗯,你们不是有一只母鸡嘛,可以孵小鸭子。"

"先生,我强烈反对这种欺诈行为。"贝丝说,"让可怜的母鸡孵小鸭子,而它还以为自己孵的是小鸡呢,这实在是太惨无人道了。想想它看到自己的孩子居然会游泳时的心情吧!我实在是太吃惊了,您居然提出这样的计划来。"

麦克纳特绝望地继续不停地动着他的脚趾头。

"那你们需要黄樟根吗?"

"实在用不到。我们现在只想要《圣人的生活》。"

"也不想买更多的土地吗?"

"你这有什么别的卖吗?"

"这会儿啥也没有,不过你们要是想要,我什么都能搞到。"

"不用为我们大费周章啦,先生,我们对现在的农场非常满意。"

"得了吧,那农场有什么好的。"

"韦格船长也觉得好啊,要不然他干嘛在那建这么一幢漂亮的房子。"露易丝不失时机地说。

"那船长也是疯了。"麦克纳特说,"其实他刚来的时候不是想买农场,就是想找个地方躲起来罢了。"

几个姑娘机警地交换了一下眼神。

"为什么呢?"

"为什么?我们这么多年也不明白啊,小姐。"麦克纳特回答,"有人猜韦格是海盗,有人猜他那个漂亮的老婆是绑架来的,而且抢走了她的钱,有人猜他是想从威尔·汤普森那抢钱,然后威尔把他弄死了,然后自己也发了疯。反正这的人有好多种说法,可谁知道到底是咋回事呢?"

"你知道吗,麦克纳特先生?"

麦克纳特立即受宠若惊。就像他说的,这么多年来韦格夫妇是梅尔维尔的人们讨论最多的话题了,而没有人比他马歇尔·麦克马洪·麦克纳特对这事更感兴趣了。他对韦格船长各种传言的兴趣,几乎可以媲美他费尽心机蒙钱的兴趣了。

"我从来不会去打听别人家的事。"他吸了几口烟,继续说道,"不过谁也别想瞒过我马什·麦克纳特的眼睛。"

这时候帕琪不禁寻思起来,他那双凸出的眼睛究竟能不能闭得上——麦克纳特的眼皮看上去就像已经退化了一样。

"我相信眼见为实。"麦克纳特继续说道,一边故作深沉地看着他的听众们,"我从来没见过韦格船长工作,他在家里也从来不抬手干活。我看他整天就是在那坐着抽烟,然后谁要是敢接近他,他就用像阎王一样的眼神死盯着人家。有一回他竟然让我麦克纳特离他的地界远点!"

"多么可怕的人啊。"帕琪说,"那么他也买了《圣人的生活》吗?"

"才没有呢。他还让可怜的老哈克斯跑前跑后地给他干活,从来不给人家一个子的工钱。"

"真的吗?"露易丝问。

"千真万确。这么多年,没有人见过哈克斯花一分钱。"

"船长死了以后,哈克斯不是卖些梅子、水果什么的吗?"

"也就够缴税罢了,税钱也不高。你看,小约瑟夫那会儿跑在外边不见人影儿,税钱没人缴,所以老哈克斯必须得缴税。可是我总也想不明白他和诺拉靠什么过活的。"

"可能韦格船长给他们留下些钱吧。"帕琪说。

"才没有呢。船长死了以后,约瑟夫和哈克斯把房子找了个遍,一分钱也没找见。奇了怪了,他一直很有钱,一死就没钱了。更奇怪的是,老汤普森攒的钱也不见了,现在都没人知道哪去了。"

"你觉得他们是被人抢劫了吗?"露易丝问。

"还真不觉得,不然是谁干的?肯定不是老哈克斯,这伙计太老实了,而且也没见过他有钱。也不是小约瑟夫,因为他从鲍勃·韦斯特那借了五块钱才出了这地方的。那还能有谁呢?"

"也许,是外面来的劫匪呢,"露易丝慢悠悠地说。

"这地方哪有什么劫匪啊。"

"我也觉得没有，这只有书贩子啊什么的。"贝丝说。

麦克纳特脸红了。

"你是说是我干的？"他生气地说，"你觉得我杀了韦格船长，然后把威尔弄疯了，然后把整个房子打劫一空？"

麦克纳特的脸都扭曲了，原本无神的眼睛里现在充满了怒火。

"要是你干的，你肯定会否认的。"贝丝平静地说。

"我可是有那个什么不在场证明的，"麦克纳特说。这时候他稍稍冷静了一点，"我老婆把我关在鸡棚里了，因为我不愿意劈一大堆难劈的柴火。"说完，他还有些害怕地向身后的小房子瞥了一眼。"我第二天就把柴火劈了。"他补充道。

"也许，某个以前认识韦格船长的人找上门来了，然后杀了他，抢了钱。"露易丝说。

"这下你说到点子上了，"麦克纳特高声说道，一边兴奋地拍着大腿，"我一直就是这么想的，可是鲍勃·韦斯特不这么想，还笑话我，好像他比我聪明似的。"

"鲍勃·韦斯特是谁？"露易丝的兴趣被提起来了。

"他是五金店的老板。梅尔维尔村里也就鲍勃和韦格船长还能合得来，不过就连他也成不了韦格的好朋友。鲍勃有钱，大家都说他是个万元户。不过他也没有自以为是，每天也就忙活他的生意，给附近的农民卖农具，帮他们抄抄写写什么的。"

"你说他对韦格船长比较了解？"帕琪问道。

"反正比这其他人知道的多。以前每年有那么一两次，船长会去他店里坐着抽会儿烟；有时候鲍勃也去农场坐坐，不过不是经常去。要说韦格的朋友，数得上的也就老汤普森了。"

"我倒是想见见这个韦斯特先生。"露易丝说，狡猾地看了两个表妹一眼。这样，就又有新的线索可以挖掘了。

"他现在就在店里，"麦克纳特说，"就是往左边走的最后一个房子里，很好找。"

"那就谢谢您了，祝您早上过得愉快，先生。"

"不需要买些乳酪或者荷兰奶酪吗？"

"不用啦。谢谢。"

麦克纳特失望地目送几个姑娘远去。明明可以从这些啥也不懂的孩子身上赚好多钱的，可是现在却没有办法，只能眼睁睁地看着到嘴的鸭子飞走了。

"那么就算了吧，"他喃喃自语道，"以后还有机会。"

第十三章　五金店老板鲍勃·韦斯特

三个姑娘沿着窄窄的街道稍稍往前走了走,就来到了五金店。在这个镇子,这座房子算是气派了。她们穿过琳琅满目的农具展台,来到一间整整齐齐摆着各式工具和家具的房间。

不过这个时间点这地方一个人也没有,因为梅尔维尔的农民们都不住在镇上。沿着走廊往前走,就可以看到店铺的后方有一间小小的办公室,而鲍勃·韦斯特就坐在办公桌后边的高凳子上,正好奇而严肃地看着眼前这几位稀客。

"早上好,您这有炖锅吗?"露易丝先开口道。

韦斯特一言不发地站起身来,走到柜台后边。

"小姐,您要大炖锅还是小炖锅?"他问道。

这下子女孩子们反倒对炖锅产生了兴趣,因为她们对这种厨具并不熟悉。几人挑选起炖锅来,而韦斯特站在一旁也没有再说话。

"您能把锅送到韦格农场吗?"露易丝问道,一边打开了钱包准备付钱。

韦斯特笑了。

"我这可没法送货上门,不过如果你可以等个一两天,我可能能找到顺道的农民帮你们捎过去。"他说。

"那以前韦格船长不在镇子上买他需要的东西吗?"露易丝继续问。

"有时候是。不过当地人一般都把买好的东西自己带回家。因为梅尔维尔太小了,没有送货的马车。"

姑娘们都笑了,然后贝丝说:"您在这生活了很久吗,韦斯特先生?"

"三十五年啦。"

"那您和韦格船长熟吗?"露易丝试探地问。

"很熟。"

韦斯特的答案直接干脆,反倒让露易丝犹豫了一下。这个人显然比其他她们"盘问"过的人要厉害很多,又聪明又有见识。如果他怀疑有人拐弯抹角盘问自己,肯定很快就会警惕起来的。因此,露易丝决定改变策略,开门见山。

"我们都对韦格一家的事很感兴趣,"她用轻松的语气说道,"可能人们总是对自己地盘上以前的主人比较感兴趣。我们总觉得船长在这么一座不怎么样的农场上建了一幢好房子很奇怪。"

"没错。"

"而且他以前在海上,退休以后却不得不离海这么远,而他肯定是很喜欢大海的吧。"

"那是。"

"有人说就是因为这个,他心情很不好,变得沉默寡言,可是即使妻子去世了,仍然继续待在这,直到他被谋杀。"

"谋杀?"韦斯特听起来有点惊讶。

"他不是被谋杀的?"露易丝立即问道。

韦斯特轻轻耸了耸肩。

"医生说是心脏病来着,我记得。"

"哪位医生?"

"嗯,是一位正好在附近钓鳟鱼的杰克逊医生,住在旅馆里,从亨廷顿来。"

姑娘们立即互相交换了一下眼神。韦斯特注意到了，脸上露出了微笑。

"你们这个谋杀的说法倒是第一次听说，不过我现在可以理解。那会儿找了个外地来的医生，让这事显得更可疑了。"

"您怎么认为的呢，先生？"帕琪问道。这之前，帕琪一直在仔细地观察韦斯特的表情。

"我啊？我觉得韦格船长就是心脏病发作死的。他以前一直告诉我们，他最后肯定就是这么走的。"

"那老汤普森是怎么疯的呢？"贝丝问道。

"他的朋友突然去世受了刺激。他之前的很多年就精神不稳定。倒不是疯，就是有时候会表现得很怪。"

"那您说为什么他们的财产都不见了呢？"露易丝突然发问道。

韦斯特似乎愣了一下，但是又立刻恢复了镇定，只是稍稍耸了耸肩膀。

"我也不知道他们的钱去哪了。"

他的语气让贝丝和露易丝觉得，他不是什么也不知道，而是不想说。而她们还没来得及再多问什么，韦斯特就说道：

"你们想不想连这个小平底锅也一起带走？或者我可以过个一两天找人捎过去。"

"如果可以，我们也一起带走吧。"露易丝说。不过就在韦斯特把锅包装得整整齐齐的时候，她又做出了一次努力。

"小约瑟夫·韦格是怎样的人呢？"

"约瑟夫？是个简简单单的孩子，没经历过什么，也还没有定性。这孩子很聪明，比较特别，有志气，想干大事。我觉得他现在应该有点成就了。"韦斯特，听上去好像松了口气，一边说，一边把包好的锅递给露易丝。

"谢谢你们了，年轻的女士们。如果有什么需要，尽管来就是了。"他说，语气更加轻松了。

这下子三人别无选择，只能离开了，也没有再多问。直到出了村子走到半路上，几个姑娘才打破沉默。

帕琪先开腔了："你们怎么想，姑娘们？"

"我们的调查取得了进展。"露易丝严肃地宣布。

"此话怎讲？"

"很多东西都给我留下了很深的印象。"露易丝说，"一个是当我们暗示麦克纳特也不能排除凶手的嫌疑的时候，他气成那样。"

"你觉得这说明了什么？"帕琪问。

"这就是说他对谋杀案肯定了解些什么，哪怕他自己不是凶手。而且他的不在场证明也很荒谬。"

"那老哈克斯就洗清嫌疑了。"帕琪松了口气。

"噢，那倒不是。也许是哈克斯干的，然后麦克纳特知道呢。或者他们是同谋。"

"你还了解到了什么呢，露易丝？"贝丝问道。

"韦斯特知道那些钱的下落。"

"他似乎是个体面人。"帕琪说。

"那是没错，不过我不喜欢他那种冷漠、精明的眼神。他是这附近最有钱的人。你觉得他完全是靠勤劳致富的吗？这的其他人可都穷得叮当响。"

"我觉得，就像人们在小说里说的那样，剧情变得更复杂了呢。如果我们询问更多的人，可能会发现可疑的人就更多了。"

"不会的，亲爱的。"露易丝说，"从我们现在掌握的线索来看，凶手要么是陌生的复仇者，要么是老哈克斯，麦克纳特也有嫌疑。而那个复仇者也可能是那个假扮成医生，说韦格船长死于心脏病的人。这么做，大家都不会怀疑他是被谋杀的，他所谓的钓鱼只是个掩护罢了。也许麦克纳特也是同谋，那个家伙为了钱什么都会做的。然后考虑到抢劫，如果老哈克斯是凶手，拿了钱，那么也许韦斯特知道这件事。或者韦斯特可能在陌生人作案之后到达了现场，还顺势抢走了钱。"

"也许他并没有呢。"帕琪表示怀疑，"你们知道吗，我觉得应该找到约瑟夫·韦格，肯定他能告诉我们实情。"

"约瑟夫？"

"对啊，为什么我们不怀疑他，不怀疑埃塞尔，不怀疑诺拉？"

"这也太不合理了，帕琪。"贝丝说，有些不耐烦。

但是露易丝没有说话，继续走了一段，才开口道：

"幸好你提到了约瑟夫，我感觉他肯定可以帮我们消除很多疑惑。"

"那怎么做呢，露易丝？"

"等我彻底想好，会告诉你们的。"露易丝回答道。

第十四章　少校的困惑

埃塞尔现在经常来农场找姑娘们玩。而这个时候，约翰对待她就像对待自己家的姑娘们一样，让这位可爱的乡间女教师在农场待得轻松自在。姑娘们也还没有和埃塞尔分享她们调查的秘密，不过别的事情上就无话不谈了。她们一起去瀑布远足，一起去岩石林立的帕纳塞斯山上的山洞里探险，有时候也一起在湖里划船，或者散步、骑马，随兴所至，不一而足。不过大家最喜欢的，还是韦格船长建造的这幢古雅的房子周围的松树荫。如今，一座夏日别墅该配备的东西应有尽有，都摆放在这里。

一次，露易丝随意地问埃塞尔，她知不知道哈克斯夫妇早年遭遇的"大麻烦"是什么，可是埃塞尔说这对老夫妇从来也没有向她提过这类事情。

终于，道尔少校发来一封电报，说他也要来农场了。这下子帕琪可高兴极了，骑着马儿小乔来到车站迎接她的父亲。

大家都很喜欢少校，他的到来给农场的生活又增添了新的乐趣。少校是那种典型的爱尔兰绅士，受过良好的教育，举止得体，心胸宽广，谁都喜欢和他结交。约翰很高兴他的妹夫能来，热情款待了一番。让少校亲自来农场，可以向他证明他来这里避暑是多么英明的决定，这让约翰有一种强烈的满足感。而少校也立刻认识到是自己错了，这里实在是非常不错。这位大忙人来到安逸的乡间也是非常的惬意，终于可以暂时抛开工作的烦恼，陪在宝贝女儿身边，好好放松一番。

而帕琪自然会把韦格农场的神秘往事告诉父亲，因为她一直都对父亲无话不谈的。于是，几个姑娘一商量，索性把少校也拉来入了伙，这样凡事也可以询问他的意见。当然了，这些不可能头一天就干，因为少校到农场的第一天，约翰忙着带他参观农场、陪自己钓鱼呢。不过到了第二天早上，姑娘们就把少校围住了，一股脑地把她们目前的怀疑、现在手里的线索，以及她们想要找到真相、把罪犯绳之以法的迫切心情统统告诉了少校。

少校刚吃过早饭，正抽着一支雪茄烟，仔细地听着。这个故事的确让他很感兴趣。虽然少校有着非常丰富的生活阅历，可内心还保留有一份善良的童心。因此，他听了这个故事很快就对故事里的人们产生了同情心。

"孩子们，我说这些你们收集到的证据，都是和当事人密切相关，外人看不出来的。"他用他那种特有的语调说道，"你们提到的许多事，外人看来都平淡无奇，但是往往是那些你在现实生活中不会起疑的事，反而是最重要的。"

"那是没错，少校，"露易丝说，"一开始我们当这个业余侦探，也只是觉得好玩，可是事情慢慢变得严肃起来了。现在我们觉得有责任找到真相，主持正义。"

"的确是这样。"少校点头道。

"但是我肯定老哈克斯是无辜的！"帕琪坚持说道。

"那他就是无辜的，"少校也说，"帕琪总是对的，即使她是错的，她也是对的。另外我已经观察了那个叫哈克斯的伙计，要是他是坏人，那也是世上最开心的坏人了。你们说他不愿意和你们多说？"

"他好像有点怕我们，或者对我们有戒心，所以不想多说话。"贝丝说。

"那就把他交给我吧，"少校提议道，表情坚定，目光炯炯有神，"让我从他那看能问出点什么。我肯定他会对我开口的。"

其实一直以来，大家就希望能结成这样一个有力的调查联盟。少校愿意合作，大家很高兴，而且少校为了表达诚意，保证了不到案子结束，抓到真凶，他是不会让约翰听到一点风声的。

"我也说一点我个人的意见。那个你们叫做'复仇者'的人可能是这里的人——可能是老哈克斯，也可能是那个假腿的书贩子，甚至是那个体面的五金店老板。"少校说道，"但也可能那个人出现在农场，假扮成所谓的医生，假装在这里钓鱼，然后害死了韦格船长，宣布他死于心脏病。这听起来也挺有道理是吧，孩子们？"

"那么抢劫呢？您觉得谁拿走了钱？"露易丝问。

"那个我还不知道。你们告诉我说，哈克斯对钱很看重，又表现得像个守财奴。我自己以前也对钱很看重，虽然不是个守财奴。但是这种情况还是不能排除的。我会盯着对我们一直面带微笑的哈克斯，然后告诉你们我的发现。"

过了没半个小时，少校就已经在讲笑话给老哈克斯听了，还像老朋友似的拍老哈克斯的背。当天，还找了个机会，给了哈克斯一美元小费，然后的确看到哈克斯一边道谢，一边紧紧地把钱攥在手里的样子。的确，这个伙计很喜欢钱。但是当少校想要把话题引到农场的过去和韦格船长的生平，以及韦格船长的死时，哈克斯就变得有所保留了，然后很巧妙地回避了他的问题。

当天晚上，少校在果园里一边散步一边抽雪茄，其他人已经上床睡觉了。他注意到哈克斯从坡屋后门离开,胳膊底下还夹着一个小包裹,行色匆匆。他犹豫了一下,就上前跟在了哈克斯后边,借着树影和房屋的掩护一路跟着对方,最后来到了梅子园的边上。这里位于外圈建筑的后方。就在这,他不得不停下来,因为托马斯已经彻底消失了。

少校大惑不解,不过还是决定原地等待哈克斯返回。因此他选了一个位置,在那里他可以观察后门的动向,同时耐心地抽着烟。过了一个小时,哈克斯才回来,悄无声息地进入了坡屋。

第二天,少校没有告诉姑娘们他看到的神秘事件,而是在当天晚上旧地重游,在果园守候。

等到大家都上床睡觉以后,老哈克斯再次准时从后门出现,胳膊底下夹着一些东西。只是这一次,他的另一只手还搀着他的盲人妻子诺拉。

少校高兴地低声吹了声口哨,扔掉了雪茄。这里的夜晚伸手不见五指,所以很容易近距离跟踪老哈克斯夫妇而不被发现。他们绕过谷仓,沿着一条小路穿过后院的覆盆子灌木丛。这些灌木丛这时候长得正茂盛,有肩膀那么高。这条路拐来拐去的,还有许多岔路。有两次,少校以为跟丢了,不过还是能听到对方的脚步声,这才放心。这的地面也是坑坑洼洼的。少校跟着哈克斯和诺拉进入一处空地,看到眼前昏暗的灯光吃了一惊。过了一小会儿,他才看清前方隐隐约约有一个屋子的轮廓,而老哈克斯和诺拉就在那里消失了。

第十五章 神秘的隐居者

少校小心翼翼地接近小木屋。这座木屋看样子似乎是为了方便采摘、打包水果而建的。小木屋由粗糙的木板盖成，在离农场居住地最近的那一面有一扇窗户，正对着的另一面则是一扇门。

少校悄悄地潜伏在窗户底下，从这里可以清楚地看到室内的情况。在一把一角还垫着东西的破柳条椅上，坐着一个右胳膊吊着悬带的男人，头被石膏和绷带包扎着，看不清楚相貌。这个男人背靠窗子这一边，不过从他的体型和姿势来看，少校猜他应该很年轻。

老诺拉关切地握着这位神秘人士的左手，时不时地还亲吻这只手，而老哈克斯则忙着打开他带来的包裹，拿出各种各样的食物来，一一放在沙发跟前的小桌子上。这时候，老哈克斯脸上的微笑比任何时候都开心。他的这些举动就解释了为什么从少校那接过钱的时候会表现得那么渴望。

三个人说了会儿话，声音很低，窗外的少校听不清。很快，那个受伤的人开始用左手拿东西吃，而且很快就吃饱了。然后他靠在背后的垫子上，诺拉则悉心地给他盖好毯子。

老哈克斯夫妇并没有逗留太久。哈克斯从一个水罐里往一只玻璃杯里倒了些水，环视了一下小木屋，好像想看看屋里的陈设是不是井井有条。然后，他和诺拉都吻了吻神秘人的额头，吹灭了蜡烛，离开了小木屋。

少校继续躲在梅子灌木丛中按兵不动，等到老俩口从他身边走过去，他才慢慢站起身来，一边思考，一边继续跟着他们。

不论少校之前对韦格农场的事情是怎么看待的，这次"冒险"之后，他算是确切地相信，几个孩子关于韦格农场的"浪漫、神秘往事"的猜想并不全是主观想象了。另外，虽然帕琪很相信老哈克斯，为他辩护，但是事实证明，他和这件事情牵连得更紧密了，也难怪他之前的举动让几位少女侦探很困惑。

经过慎重考虑，少校还是把最新发现的事情告诉了约翰，而没有告诉孩子们，因为他觉得这件事还是让大人处理比较合适。

正巧，姑娘们第二天有自己的安排，一起结伴去找埃塞尔·汤普森，和她一起在她引以为傲的玫瑰园里享用午餐。等到她们几个一出发，少校就赶紧找到了约翰，对他说道："跟我来一下，先生。"

"我不，"约翰立即答道，"我要去钓鱼。不管你要找我干吗，你得跟我一起去才行。"

"你钓鱼也钓不上什么来，可要是跟我来，保证你有收获。"少校坚定地说。

"到底怎么了？"

"我也不是很清楚，约翰。"少校说，然后他仔细地描述了他是如何发现梅子园里的小木屋，里边又住着一个受伤的人，而且似乎一直接受着老哈克斯的悉心照料。

"这事弄得瞒着我们，就比较可疑。"少校继续补充道，"如果是明面上的，我倒觉得没什么。"

约翰的好奇心一下子就被调动了起来。他提议干脆立刻到小木屋去看看，找那个藏在那的人谈一谈。哈克斯这时候正在谷仓里忙活，于是约翰和少校就悄悄潜入了梅子园，沿着那条小路找到了小木屋。

俩人走近窗子，看到里边的那个神秘男子正靠在他的椅子上，左手拿着一本书看——是帕琪的书。然后他们移到了门边，约翰推开了门。

两个人毫不迟疑地走了进去，看着眼前隐居的陌生人。

"早上好啊。"约翰说，而少校则点了点头，算是打招呼。

对方稍稍起身，动作非常僵硬。

"请原谅，先生们，我身体不方便，不能给你们行礼了。"对方说，看样子这突如其来的打扰也让他吃惊不小。

少校盯着眼前这张一半缠着绷带的脸，觉得似曾相识。

"哈！要是我没有搞错，这不是约瑟夫·韦格吗？"他说。

"噢，这就是约瑟夫？你这是怎么了啊，约瑟夫？"约翰问道，好奇地看着他。

"遇上车祸啦，先生，转向的装置出了问题，直接冲出了路堤。"

"这样啊。"

"您就是梅里克先生吗？"

"是的。"

"实在是抱歉，用这种方式冒犯了您的领地。请您原谅我的冒昧，先生。我也是最近实在运气不佳，走投无路了。如果您允许，我会解释给您听。"

约翰点了点头。

"我把那笔您通过道尔少校给我、用农场作抵押的钱用来保护我的专利，结果折腾个精光，只好靠给人开车过活。您知道，我对车子是很了解的，因此一位很有钱的先生愿意雇用我。这次事故虽然不是我的责任，而我却是唯一受伤的人，不过我的老板太关心他的车了，连我是死是活也没有问过。我在一家慈善医院待了一段时间，修养身上骨折的地方。我的肩胛骨粉碎性骨折，胳膊骨折了三处，四根肋骨也向里折断了。好在头上的伤口只是擦伤，但是这些伤需要长时间的修养才行，而医院太拥挤了，弄得我总是很紧张。我又没钱，又没有什么朋友，只好给哈克斯写信，看看有没有办法让我回到农场待一段时间。我从来没想过您会真的来这个地方住。"

约瑟夫接着说道："哈克斯和诺拉从我出生起就一直照顾我了，而知道了我的处境他们很伤心。他没有告诉我您在这，怕我会不愿意回来。不过他把您给他和诺拉的工钱寄给我，还把几位年轻小姐慷慨付给他们的钱寄给我，这样我才能出院，回到这里。我搭了一班夜车到的火车站，哈克斯趁着夜色，驾着您的马车把我接了回来，然后把我藏在了这座不易发现的小木屋里，希望能不被您发现。

"我非常后悔瞒着您，先生，只是待在这，我没有办法再离开了。哈克斯没有多少社会经验，不明白这种欺骗行为的严重性。他把您的食物拿来给我吃，然后把他的工钱攒起来拿来给我养伤。我打算痊愈之后就离开。这就是事情的经过了，梅里克先生。"

约翰点了点头。"你现在情况怎么样？"他问道。

"还不错，先生。我可以稍微走一点路，胃口也好起来了。医生说，我的肩膀不可能像以前一样结实，不过我希望他们说错了。我的肋骨也恢复好了。再过个十来天，应该就可以把胳膊上吊着的肩带拿掉了。"

"没有医护人员来照料你吗？"

"离开医院以后就没有接受治疗了。不过我觉得这里的新鲜空气比一打医生都管用。"约瑟夫开心地回答道。

"那以后你打算怎么办呢？"

年轻人笑了笑。他看起来还像个大男孩，但是约翰注意到他的脸很有男子气概，眼神清澈而坚定。

"没什么可计划的了。找些自己力所能及的活干就是了。"

约翰若有所思，手指轻轻地在桌子上敲了敲，说道："约瑟夫，比起这座农场的价值，我出的钱实在是太少了。"

约瑟夫脸红了。

"请您不要这么说，"他急着说道，"我知道我把这农场卖给您跟抢钱差不多，而我唯一的理由是我固执地认为肯定能赢那场官司，到时候能赎回这个地方。可是现在一切都结束了。您肯定觉得我身上有伤，走投无路，很可怜我罢了。"

"才不是呢！"约翰说，"而且你不也正在接受老哈克斯的施舍吗？"

"可是他就像我的第二个父亲一样。老哈克斯一直跟我们家在一起，而且我一直都想以后能给他和诺拉一个安稳的家颐养天年。我不觉得接受他们的钱或者帮助是件尴尬的事。"

"我说年轻人，"约翰严肃而固执地说，"人年轻的时候有许多错误的想法，其中一个就是不愿意接受他人的好心。每个人生活中都离不开他人的帮助，所以我决不允许你拒绝我的帮助，当这么一个傻瓜。而且你受伤了，肯定脑瓜也受了影响……"

"才不是呢！"

"你现在精神状态不够稳定，需要人照顾才行。所以我不会不管你的。你现在也没办法反抗，就乖乖听话吧。要是你不愿意，我就把你关到疯人院去，明白了吗？"

约瑟夫难以置信地盯着约翰的圆脸，然后忍不住哭了起来，眼泪把视线模糊了。

"道尔少校，您不帮帮我吗？"他恳求道。

"我可帮不了你，"少校说，"我这位大舅子来了劲，谁的话都不听，摊上他，你就没办法啦。我可不敢和他对着干。我说约瑟夫，如果你真的珍惜你的生命和幸福，就接受约翰的帮助吧。等他不帮你了，你没准还会不情愿呢。"

"可是我不配您这么……"约瑟夫已经说不清楚话了，而约翰立即打断了他。

"没有人是靠'配得上'才得到什么的，"他说，"但是这人世间，每个人都会得到一些东西。你要知道，在我的面前，你可不能动不动就表达意见，这样我们才能相处得更好。好了，现在你必须离开这，因为这住得不舒服。我的客人已经把房间都住满了，没你的地方，但是梅尔维尔有一间旅馆样子还不错，我注意到那有几扇被藤蔓覆盖的向阳窗户，似乎里面的房间还可以。少校，去告诉哈克斯，把那匹老马老丹拴在那架老马车上，然后带着这个年轻人去住旅馆。我们走着去就行。"

少校立即行动起来。约翰继续道:"我不知道这样安排是不是合你的意,不过我是很满意的。实际上,你也管不了。你觉得还能坐马车吗?"

年轻人感激地笑了笑。

"可以,梅里克先生。"他说。约瑟夫是个聪明人,没敢提一个谢字。

第十六章 推断

第十六章 推断

老哈克斯得知约翰发现了约瑟夫的事情，又听说约翰要帮约瑟夫，脸上仍然带着微笑，看上去却很紧张。他立刻将马套好，然后赶着马车来到小木屋。只见约瑟夫靠着约翰的胳膊，慢慢地走向马车，在约翰的帮助下坐在了哈克斯身旁的位子上。接着，俩人就出发了。比起其他人，马儿老丹对哈克斯还算驯服，可是比起步行走到旅馆的少校和约翰，马车愣是慢了十五分钟。

梅尔维尔旅馆的生意基本仰仗定期来当地做买卖的客商，而这种人其实不多，毕竟当地市场很小，订货量不高。鲍勃·韦斯特就在旅馆里住，农场主奈德·朗也住在这。奈德·朗平时也给大家干些零活，没事的时候就帮旅馆老板娘凯博太太打理旅馆。

而凯博太太还是出名的好厨师。她的女儿凯特·凯博今年十六岁，是个轻佻的姑娘，也帮着做些活，兼任旅馆服务员。而老板切特·凯博则沉默寡言。他留着山羊胡，有一只玻璃眼睛，所以看起来眼神飘忽不定。切特负责照看桌球室，这是每周六晚上人最多的地方，由于消防措施不力，偶尔还会给火险业带来额外的生意。不过就像他太太说的，切特懒得很，所以在旅馆里大部分时间只是闲着，所谓老板不过是个虚名。

旅馆的小房间陈设简陋，但是很整洁。

二楼东拐角的房间比较合约翰和少校的心意，因此很快订了下来。这里阳光充足，窗外可以看到湖面和镇子的全景，里边有一张床和一张躺椅。

约瑟夫在大家的帮助下住了进来。

"有行李吗?"约翰问。

"在火车站有一个小箱子,不过里边没什么重要的东西。"约瑟夫说。

"嗯,那么你就安心住下来吧,慢慢养身体,凯博太太已经答应好好照顾你,我和少校也会时常过来看看你休养的情况。"

接下来,约翰找尼克·索恩把约瑟夫的行李搬了来,又在商店里买了些他能想到的约瑟夫可能会用到的东西,最后和少校一起步行回家了。他对这一早上做的事感到很满意。

傍晚时分,姑娘们回来了。从舅舅那里听到约瑟夫遭遇车祸,而现在正在镇上的旅馆休养的消息,她们一下子激动了起来。

等到只有她们三个在场的时候,姑娘们才开始发表自己的看法,并决定要尽快去见见约瑟夫·韦格,看看他是否能帮她们解开韦格农场神秘事件的谜底。

"你们有没有觉得,约瑟夫现在出现,就好像是命中注定要帮助我们,找到他可怜的父亲抢劫、谋杀案的真凶?"露易丝说道。

"如果约瑟夫知道的话,为什么不自己找凶手复仇呢?"帕琪问道。

"也许他自己还没有意识到真相,"贝丝说,"那些离悲剧最近的人往往当局者迷,看不到近在咫尺的犯罪证据。"

"这个说法你是从哪听来的?"帕琪问。

"从侦探小说里看来的,我最近读了很多呢。"贝丝认真地说。

"侦探小说只能教你更仔细地观察罪案证据。"露易丝说,"拿这个案子来说,案情太不寻常了,只能仔细地思考,不放过每一条线索,才有可能抓到真凶。"

"我倒觉得这么想不切实际,因为侦探小说本身不必拘泥于现实,可以根据需要进行创造,所以虽然侦探小说很好看,但我不觉得真的对破案有帮助。而这个案子不是小说,只是充满了悬疑和各种谣传。"帕琪说道。

"你好像对什么事情都不热心。"贝丝说,语气里透着不满。

"但是我尽力在做了。"帕琪说。

"我们讨论的内容已经偏离主题啦。"露易丝说,"我得说,小韦格的出现让我看到了调查的希望。他也许知道一些他父亲以前的事,可以帮我们判断谁可能是凶手。"

"韦格船长是三年前被杀的,"帕琪说,语气已稍稍缓和,"现在那个凶手没准已经死了,或者搬得远远的了。"

"他也许仍然住在我们能够找到的地方,因为他从来不相信会被发现。"露易丝说,"我们必须去找约瑟夫,从他那里尽量多探听出些消息来。我几乎可以肯定,调查很快就会有眉目了。"

"我们目前还没有什么有力的证据呢。"帕琪说。

"但我们有许多旁证。"贝丝说,"要解释我们发现的那些线索,只有一种方法,这样我们的理论就很难推翻了。韦格船长逃到这个地方来,他的妻子每天郁郁寡欢,老诺拉提到的'大麻烦',还有……"

"那个大麻烦应该是最先发生的事情,"露易丝说,

"这件事是后边一系列神秘事件的起因。我们如果了解了这个大麻烦是什么，余下的就很好解释了。"

"我同意。"贝丝说，"而且约瑟夫也许可以告诉我们毁了他父母以及老哈克斯夫妇生活，又害得大家躲在这里隐居的大麻烦究竟是什么。"

到了第二天的早上，少校才找到机会暗示姑娘们，他有事情要告诉她们。几个人迫不及待地聚在草坪上，接着少校告诉了大家约瑟夫之前隐居在小木屋里，而哈克斯和诺拉一直像对亲生儿子一样照顾他，把得到的一切都用来帮助约瑟夫。

"所以你们看，我的复仇天使们，你们看错哈克斯两口子了。"少校对迷惑不解的三个人笑着说。

帕琪见哈克斯洗清了"笑里藏刀"的嫌疑很高兴。而其他人见自己的理论被推翻，则多少有点郁闷，只好不得不承认，哈克斯不是打劫老韦格和老汤普森的元凶，不然他也不会竭尽所能地帮助约瑟夫了。不过她们仍然觉得，即便如此，哈克斯仍然隐瞒着老船长的过去，不愿意告诉大家他知道的有助于破案的事，所以说，即使他自己是无辜的，也有可能在包庇真凶。

"那么真凶是谁呢？"帕琪问道。

"你看，有一个刚好在附近的所谓'医生'，我们管他叫无名复仇者，这就是一个人选；第二个嫌疑人是麦克纳特，这个人的品行有问题。第三个嫌疑人就是鲍勃·韦斯特。"

"噢，露易丝，韦斯特先生是个很值得尊敬的体面人，而且生活富裕。"帕琪说。

"从麦克纳特一下子就跳到韦斯特身上，这跨度有点大。"贝丝也说。

"除了哈克斯,有三个人可能涉嫌抢劫或者谋杀。"露易丝不顾反对接着说,眼睛里闪烁着兴奋的神情,"其中有两个人我们已经接触过了。也许约瑟夫可以告诉我们一些关于第三个人的事。"

于是大家央求少校带她们当天就去探望约瑟夫。最后少校同意了,而且同意不告诉约翰他们的计划。几人乘马车在下午来到了旅馆。

少校第一个走进约瑟夫的房间,发现他不仅住得很舒服,而且心情愉快。

"这时候,先生,我觉得我已经不需要人格外关照了吧,我比昨天状态好一倍呢。"他微笑着说。

"这有几位年轻的姑娘想见见你,"少校说,"你愿意见她们吗?"

想到头上还搽着绷带,胳膊腿也不灵便,约瑟夫有点不好意思,不过也不能拒绝人家的好意。他猜这几个女孩应该就是老哈克斯和他提到过,赞不绝口的那几个孩子。

"我很乐意,先生。"他回答道。

通常女孩子都会对受伤的人很感兴趣,所以三个姑娘自然一下子就被这个乐观的小伙子吸引了。只见他坐在藤蔓遮蔽的窗前的小沙发上。她们也不约而同地想到了埃塞尔,一点不奇怪和这么一位青梅竹马的朋友失去联系,埃塞尔会那么伤心。

约瑟夫又讲了一遍事故的经历,谈到自己的伤势,然后简单地说了说在医院的那段日子。很自然的,他接下来就提到了忠心耿耿的老哈克斯,于是露易丝就借机提出了问题。

"我们一直对这对老夫妇很感兴趣。我们很欣赏他们的淳朴和真诚。"露易丝说道。

"诺拉待人很亲切。"贝丝说。

"哈克斯总是笑着,好像可以对付一切不顺心。"帕琪说。

"哈克斯夫妇确实都是好人。"少校见此情形也跟着说。

这些话让约瑟夫很高兴。他们要想赢得他的信任和亲近,也许这是最好的办法了。

"诺拉在我母亲还没出嫁的时候是她的女仆。"他说道,"而哈克斯很多年前则是我父亲身边的水手。"

见约瑟夫如此坦诚,大家还有些惊讶。不过露易丝决定尽可能地利用这一点多探听些消息。

"诺拉曾告诉我们,很多年前出了一件大麻烦,对你的父母影响很大,但是他们又都不愿意透露给我们。"

约瑟夫的神情黯淡了下来。

"事实上,他们从来没能从那次打击中恢复过来。你们想知道他们的故事吗?这可是个很悲伤的故事。不过我肯定,听完这个故事,你们会更加理解、欣赏我这两位老朋友的。"

大家立即激动起来。他们当然愿意听这个故事了。这个故事难道不是解开韦格农场神秘事件谜底的关键吗?约瑟夫极大地引起了他们的兴趣,然后开始讲述。这时候,三个姑娘内心都不约而同地想道:"终于等到这一刻了!"

第十七章　听约瑟夫讲"大麻烦"

"我父亲年轻的时候,是个了不起的船长,"约瑟夫说道,"那时他三十岁不到,对自己出海驾驶的那艘船格外上心,而托马斯·哈克斯当时是他的水手长。那个时候的托马斯非常能干,人又诚实可靠,父亲非常器重他。哈克斯那个时候已经结婚了,妻子是一位富有的船具商家的侍女,这位船具商人名叫休·卡特。而父亲出海的港口正是卡特所在的港口。每次他们靠岸,托马斯都想多陪陪妻子,可是卡特不喜欢他总是在家里晃来晃去,所以托马斯很苦恼。因此出于好心,我父亲决定为他说情。

"卡特这个人脾气暴躁,所以虽然我父亲是他的重要客户,但是他仍然拒绝了父亲的请求,还威胁说要解雇诺拉,后来还真的把诺拉开除了。这下父亲生气了,就找来诺拉之前服侍的玛丽·卡特,请求她说情,帮诺拉把工作要回来。玛丽是个非常柔弱的年轻小姐,不敢违抗她的父亲。不过这么一来,船长和年轻的小姐却相爱了。接下来的两三年里,每次船停在港口,这对情侣都会在托马斯给诺拉租的小木屋偷偷见面。最后,他们也就是在这里结婚的。

"正好诺拉生了一个男孩,听说是个非常不错的孩子。而我的母亲虽然自己没有什么财产,仍然鼓起勇气离开了家,搬到了山崖边一座可以看到海的小房子里。然后诺拉也带着孩子和她同住,每次各自的丈夫出海的时候,两个人就相依为命。

"后来我母亲生了一儿一女,而哈克斯家的男孩比他们大不少,因此就担当起了照顾他们的责任,三个孩子总是在一起。几个人最喜欢到山崖脚下的沙滩上玩耍。哈克斯家的儿子叫汤姆，还不到十岁就已经是个游泳高手了，划船也划得很好。而韦格家的两个孩子胆小一些，不过每次汤姆带着他们玩，他们都不会犹豫。

"有一天，我母亲生病了，诺拉在家里照看她。而汤姆违背了大人们叮嘱的话，擅自带着弟弟妹妹去海里划船。没人知道他们究竟划了多远，也没人知道究竟发生了什么事。总之一阵暴风雨过后，孩子们就失踪了。我母亲不顾生病，和诺拉跑到海边去找孩子。在那个风雨交加的海岸上，两个母亲就这么相互搀扶地站着，绝望地望着大海，而附近勇敢的男人都到海里去找孩子们了。最终，女孩的尸体最先冲上岸，我母亲一直拼命地摇着小女孩冰冷的身躯。后来男孩的尸体也发现了。最后找到的是汤姆的尸体。这就是那场可怕的悲剧，三个孩子都不在了。

"三天后，我父亲回来了，没有见到他的两个宝贝孩子，却发现自己的妻子害着可怕的热病，眼看着就要和孩子们一起去了。而诺拉一直没有忘记，是自己儿子的莽撞才葬送了三个孩子的性命，突然就失明了。医生说这是因为受到的打击太大。

"我父亲悉心照料母亲，把她从死亡线上拉了回来，但是她每次一看见海，就会恐惧得连连尖叫。这一来，就必须搬到可怕的海浪声再也不会传到她耳朵里的地方。我父母似乎比托马斯和诺拉更难以承受这次打击。我的父亲和托马斯为了安抚妻子，都愿意放弃航海生涯，用余生陪伴妻子。我父亲卖掉了所有的航海用具和海边的小别墅，然后找了一片完全陌生的环境，盖了新房子。我听说他一直在悉心照料母亲，直到她生下我不久后去世。同时,老船长也仿佛对妻子死后的生活全然失去了兴趣,变得越来越孤僻、不合群。

"好了,女士们,托马斯和诺拉所说的'大麻烦'就是这件事。我觉得他们说得没错,这件事毁了两家人的幸福。虽然我出生在这件事之后,但是阴影仍然会伴随我一生。"

约瑟夫讲到最后,声音已经由于激动而颤抖起来。他的几位听众这时候也都被这个悲惨的故事深深地触动了。帕琪已经泣不成声,少校边擤鼻子,边劝大家赶紧"擦干眼泪,恢复镇定"。贝丝充满同情地望着约瑟夫,连露易丝也顾不得她费心提出的假设被推翻,沉浸在悲伤和同情中。现在所谓的复仇者说法已经不成立了,因为没有什么仇可以报。这个并不复杂但却十分悲伤的故事,几乎可以解释一切,好像韦格船长的一生已经就此画上句号。可是好像哪里不对——

"那么你父亲是怎么去世的呢?"露易丝轻声问道。

"心脏病。他心脏出问题好些年了,所以一直静养也是没有办法的事。而这种独居生活也让他在我母亲死后脾气变得更糟。由于经受不了奔波,任何刺激都可能要他的命,他不能再出海了。其实,最后引发心脏病也正是因为受到了刺激。"

"究竟发生了什么呢,先生?"少校问道。

"这事比第一个故事还不好解释。"约瑟夫说。他若有所思地望着窗外,"我们在这的生活很简单,需求不多,花费也不多。不过我的父亲韦格船长以前常年在海上,没什么生意头脑。而他最好的朋友,威尔·汤普森,也是个为人坦率的老实人。而且汤普森虽然在钱的问题上和我父亲一样幼稚,却热衷于投资,他怂恿我父亲加入他的计划当中去。那个时候老汤普森先生的精神有时候已经不稳定了，不过有的时候又特别执着。我父亲也担心完全靠汤普森去投资不靠谱，就向梅尔维尔最精明、最有经验的生意人寻求意见。那个人名叫鲍勃·韦斯特。"

"就是五金店的老板？"露易丝马上问道。

"是的。看来你已经见过他了。"约瑟夫回答，笑着看着急切的露易丝，"鲍勃·韦斯特是个很富有的人，投资很谨慎，所以他就成了我父亲和汤普森的投资顾问，而且还帮他们调解分歧。在韦斯特的帮助下，好些年我父亲和汤普森的投资都收获颇丰，资产也积累了起来。最后，韦斯特亲自向他们提出一项投资建议。他发现在加拿大边境线附近埃尔马克的一处松树林，如果买下来，是一桩非常合算的买卖，因为有一家叫做皮尔斯—莱恩的木材公司很想获得这片树林里的木材。如果把树林转手给他们，投资收益就会翻倍。"

"我的天哪，你说是皮尔斯—莱恩木材公司？"少校激动地问道。

"就是那家公司，先生。我记得听到父亲和汤普森讨论这件事，但是我也必须承认，我的记忆也并非百分之百可靠，因为他们从来不允许我提问。我只记得韦斯特自己的钱不够这笔投资，因此大家把自己的钱都放了进去。而汤普森好像稍有点不满，因为他认为另一项投资比这个更合算。然后他们买了那片森林，拿到了合同，也和那家木材公司达成协议。可即便这笔交易听起来非常合算，我也知道我父亲和汤普森都有点不满意，因为他们的全部积蓄都投进去了。我记得韦斯特来告诉他俩，钱放在英国的银行，很安全，而老汤普森则说他知道的另一笔投资比这个划算得多。从此韦斯特和他们也就渐渐疏远了。

"我清楚地记得韦斯特的这场投资梦破灭的那天晚上。汤普森正和我父亲坐在右厢房抽烟，聊着天——和平时一样。然后韦斯特脸色苍白地走了进来，胳膊底下夹着一份报纸。那时候我就在隔壁，躺在沙发上快要睡着了，就听到韦斯特绝望地大叫着：'毁了毁了，全毁了！'我悄悄地来到半掩的门边往里边看。父亲和汤普森都张着嘴盯着韦斯特，而韦斯特正在用颤抖的声音解释说，一场森林大火烧毁了那片树林，把树木全烧了。韦斯特念了报纸上登的一篇新闻，我父亲发出低沉而痛苦的呻吟，就倒在了地板上。

"汤普森大叫一声，也跪倒在他旁边。

"'天哪，他死了，鲍勃，他死了！是你害死他的！'汤普森大叫起来，愤怒地朝韦斯特冲过去，而这个时候老哈克斯冲了进来，及时阻止了他，不然他就把韦斯特掐死了，那个时候他的手指已经嵌在韦斯特的脖子里了。我记得当时的场面非常混乱，我很害怕，但还是帮托马斯一起把汤普森拉开。汤普森突然把手抽出来，拼命地挥舞，但腰部以下却动弹不得。韦斯特帮我们一起把他放在了床上，说他好像瘫痪了。后来事实证明的确如此，而且他的精神也彻底失常了。我觉得他受打击的原因比起金钱损失，更像是因为父亲的死。"

大家都一言不发地望着约瑟夫，一个个面色苍白。这下子韦格农场之谜基本上揭开了，没有什么悬念了。

"韦斯特赶忙出去找医生，正好找到一位在旅馆暂住的医生。"约瑟夫接着说。此时他也沉浸在了故事里，"其实鲍勃对我们一直很好，从来没有提起过他自己的损失，而他自己肯定也损失惨重。葬礼过后，除了农场，父亲什么也没有留下。我决定到城里去闯荡,韦斯特给了我一些钱让我上路了。后边的事情就没什么稀奇的了,道尔少校也都了解了。我上了技术学校,用打工赚的钱作为开销。现在我算是创业失败了,不过我以后会再次尝试的。"

"那就对了!"少校表示赞同,一边说一边握起约瑟夫的左手,"要的就是你这股子劲,小伙子。我们不要再想过去的悲剧了,而要乐观地朝前看。"

"那是当然,"帕琪郑重地点头道,"约瑟夫肯定会成为了不起的人!"

第十八章　上锁的柜子

露易丝和贝丝一路一言不发地回到农场。她们精心推敲出的假设彻底瓦解了,现在已经没有所谓的神秘事件可研究了。

约瑟夫的讲述解释了一切。所有的事情听上去都是那么简单、自然,让露易丝很沮丧,就好像有人从一个孩子手里抢走了她心爱的玩具一样。用帕琪的话说,这个临时组成的少女侦探团算是失业了。一切真相大白,没什么好调查的了。没有谋杀、没有抢劫、没有畏罪潜逃隐居韦格农场一说,总之没有任何神秘的事情尚未揭晓。而大家努力了这么久,决心要侦破的案件其实是不存在的,这实在是让人泄气。

约翰和哭丧着脸的孩子们一起用晚餐。少校只是简单地把事情的原委告诉了约翰,后者听得非常入迷。

"哈,我就说了吧,露易丝,我不是警告过你,不要给我的新农场硬安上什么杀人案吗?你们这些傻姑娘还凭空想象出这么一桩韦格谋杀事件,也真是了不起啊。"

"这个倒是不好说呢,先生,"少校认真地说,"我自己也有这个想法,把自己也当成侦探了。不过最后听下来,可怜的韦格船长夫妇和哈克斯夫妇的遭遇,的确也是不平常的。如果没有得到解释,看起来还真像是一桩神秘事件呢。"

"你刚才说韦格船长的钱是怎么不见的来着?"约翰转向少校问道。他发现不能总是盯着几个孩子看,她们已经够尴尬的了。

"怎么了?那片树林在加拿大埃尔马克,一场森林大火把他们买的树都烧了。"少校回答道,"对了约翰,这件事本身你就可能会感兴趣,就是这家皮尔斯—莱恩木材公司,你有他家公司的好多股份。这家公司说他们会高价买下船长他们的木材。"

"这是多久以前的事情了?"

"三年。"

"可是从三年前开始,公司的木材一直就是从加拿大的埃尔马克运来的啊。"约翰说。

听到这,露易丝手里的叉子猛地掉了。对于一位像她这样教养良好的淑女,如果不是听到了什么让人激动的事,可不会这么失态。

"这么说来的确有东西值得调查一番!"露易丝激动地说。

"嗯?为什么这么说?"约翰问。

"如果这家公司已经在埃尔马克砍伐了三年的木材,那么怎么可能都烧了呢?"露易丝得意地说。

"这很明显,我也一直记着这件事,打算核实一下。不过露易丝,你这样子看上去还沉浸在侦探的角色里呢,我看一时半会儿是出不来了。"

"上甜点之前,我想宣布一件事,"约翰认真说道,"你们已经很努力地为侦探事业尽心尽力了,可是结果却是一团糟。现在该我上场了。我会当三天的侦探,如果我比你们强不了多少,女士们,你们可以尽情地嘲笑我。少校你觉得怎么样?"

"也算我一个吧,"少校说,"我也和她们几个一样差劲。如果愿意,您尽管放手去干好了。要我说,你也不是什么福尔摩斯,不过你有一点好,除非你有确凿的证据,否则不会随意揣测。"

第二天早上,人们聚在山姆·科丁的店里,都很兴奋。因为"有钱老爷"从韦格农场赶来,借用电话给纽约打了一个多小时的长途。这台电话机安在邮箱旁边的一个小亭子里,这里的人都知道,有了这个神秘的装置,就可以和距离很远的地方的人们通话。当地人往往会好奇而敬畏地看着这个新鲜玩意,暗地里讨论这个东西是多么不可思议。可是除了很偶然的情况下,有人会从这里打给车站,从没有人往更远的地方打过电话。

"这可是要花好多钱呢,山姆。"麦克纳特在约翰打电话的时候不安地说。他们可以透过电话亭上小小的窗口看到里边的约翰。

"的确是。不过有钱的傻老爷不在乎花这份钱,就和花在其他东西上的钱一样,这对他来说不过是九牛一毛,不算事儿。"

打完电话,约翰从亭子里出来了,热得出了一身汗,脸上却笑容满面。他走到路对面去看约瑟夫。这时,约瑟夫坐在摇椅上,看样子康复得不错。不过他并非一个人——对面的椅子上坐着一个衣着打扮很整齐体面的人。这人长着一张长脸,留着灰色的小胡子,一双眼睛透着精明,戴着一副牛角眼镜,一看就非常聪明。

"早上好,梅里克先生,"约瑟夫开心地打招呼,"这位是罗伯特·韦斯特,梅尔维尔的商人。他是我们家的老朋友了。"

"久仰大名,韦斯特先生,很高兴认识你。"约翰一边说一边看着对方，表情很平静。不过约翰并没有要握手的意思，"我记得您是埃尔马克木材承包公司的主席兼财务主管，是吧？"

约瑟夫听到这个问题非常吃惊，有些尴尬。韦斯特仍然保持着休闲的姿势不动，只透过眼镜的边缘看了看约翰。

"正是在下，梅里克先生。"他简短地答道。

"可是埃尔马克的木材不是烧光了吗？"约瑟夫问道，一边想肯定有什么可以解释这件事。

"那件事肯定是弄错了。在过去的三年里，我的公司付给韦斯特的公司一大笔钱，总共有五万多美元呢。"

韦斯特惊得张大了嘴。

"那是你的公司！"他不禁高声叫道，困惑至极。

"没错。我拥有皮尔斯—莱恩木材公司的控股权，手里有和你合作木材生意的合同。"约翰答道。

这位五金店老板慢慢站起身，看了看手表。

"我得回店里了，"他说，"您肯定是弄错了，梅里克先生。我猜您手里的股权肯定太多了，一时记不过来也是难免的。祝您早上过得愉快，先生。约瑟夫，希望你早日康复。如果需要帮忙，尽管来找我。"

韦斯特说完，欠了欠身，就离开了。他走之后，约瑟夫说道："可怜的鲍勃肯定还在因为损失了我父亲的钱而过意不去。他当初竭力推荐这笔生意，相信这个项目会带来巨大的回报。我想您应该是记错了，然后他就觉得有点难过。请您原谅，先生，鲍勃·韦斯特是个很好的人，我父亲一直很信任他。有了他给的钱，我当初才能离开的。"

"告诉我，约瑟夫，"约翰若有所思地说，"你父亲当初是买了埃尔马克木材承包公司的股份吗？"

"噢，是的，我在铁柜子里见过的。"约瑟夫答道。

"在哪？"

"就在右厢房我父亲以前的卧室里。当初他也是一时兴起做了这个柜子，管它叫作'金库'。您应该留意过一个嵌在石墙里的木门吧，先生？"

"是的，我现在就住那间。"

"木门后的门是铁做的，柜子整个镶着铁边，柜子的底部有一个可以滑动的平板，把它推到一边，就能看到有个隐藏的抽屉。除了我，这件事父亲谁也没有告诉。他曾说过，要是他心脏病犯了，有个三长两短，还是让我提前知道这个秘密比较保险。他去世以后，我就拿走了钥匙。他以前一直把钥匙挂在脖子上的一个链子上，藏在衣服底下。我打开了柜子，想看看有什么值钱的东西。不用说，什么值钱的也没找到。里边装的都是旧信件和文件，还有他以前出海的时候从各国收集来的小玩意，都不值钱。不过他自己应该很喜欢这些东西。在那个秘密抽屉里，我找到了木材公司的股票，连老汤普森的股票也在里边一起保管。我知道这些已经一文不值了，就留在那里了。"

"我想看看这些股票。"约翰说。

约瑟夫笑了。

"我把钥匙给丢啦。"他说。

"这是怎么回事，小伙子？"

"葬礼那天，钥匙就丢了。我也不知道怎么回事，不过我也没打算再看一次柜子里的东西，所以丢也就丢了。"

这下子约翰似乎陷入了沉思。

"我想现在这个柜子也是我的了。"他想了一会儿说。

"那是当然,不过没有钥匙这柜子也没用。如果您钻孔的话,柜子也就给弄坏了。"

"没错,不过我还是打算这么做。"

"如果您这么做的话,先生,能不能把里边的那些乱七八糟的东西都给我呢?这些也算是家族遗物,本没打算和房子一起卖掉的。"

"你当然可以拿回你的东西,约瑟夫。"

"滑动铁板在架子的左下角,把它朝前滑动,您就会找到暗格抽屉,里边有那些不值一文的股票,还有母亲的照片。我想要保存那张照片。"

"那是自然,约瑟夫。那么你现在恢复得怎么样了呢?"

"我已经脱胎换骨啦,梅里克先生。今天我觉得自己壮得像头牛。多亏了您的帮助。"

"也别激动过头了,先生,慢慢来。今天可是要有一位年轻小姐来看你呢。"

"埃塞尔!"约瑟夫兴奋极了,脸也立马就红了。

"没错。你太对不住她了,约瑟夫。现在一定要好好对她。"

"我不明白,我走的时候给她留了一封信,说明了一切,为什么她没有回信呢?"

"我敢用这座农场打赌,她根本没有收到那封信。埃塞尔以为你不辞而别呢。"

"我把信交给麦克纳特,让他等我走了以后把信转交给埃塞尔。对了,您说她今天就要来?"

"她的确是这个意思。"

约瑟夫没有再多说,不过很明显,他微笑的脸上写满了期待。约翰握了握约瑟夫的手,和他道了别,承诺很快就会再来看他。

"嗯,该是捅一捅马蜂窝的时候了。"约翰一面自言自语,一面走出了门。

马蜂窝指的就是韦斯特的五金店。约翰看到韦斯特正坐在他的桌前,店里没有什么人。约翰对韦斯特点了点头,就一屁股坐在了办公室里的另一把椅子上。

"先生,我需要你的解释。"约翰开门见山。

"解释什么?"韦斯特面无表情地问道。

"解释埃尔马克木材承保公司的业务。我相信你欺骗了韦格船长和汤普森先生,说树林被烧毁,投资失败,他们的钱也打了水漂。你带来的消息导致了一位信任你的朋友死亡,而另一位发了疯。当然了,我肯定您编造这个谎言的时候并没有想到会发生这样的悲剧。我顶多可以指责您将本该属于韦格和汤普森的股权收益据为己有。这笔钱数目相当可观。而您这么做就是从他们的继承人那里非法掠夺财产。"

韦斯特手里把玩着一根笔杆,小心翼翼地保持着它的平衡,一面盯着约翰。

"梅里克先生,您可真是个怪人。"他安静地说,"我可以原谅您的无知和冒犯,或者说您是误会了。这里有一份报纸,上面就报道了埃尔马克的火灾。当时我就把报纸拿给韦格船长看了。"韦斯特说着就从抽屉里拿出了一份简报递给约翰。约翰接过来认真地看起来。

"事实上,您的公司砍伐的木材是埃尔马克的北半边,而被烧毁的是另一部分。韦格和汤普森的股权只包括了被毁的那部分。"

"如果是这样，我想股票上会有说明的。"约翰说。

"那是当然，先生。"

"那我会回去查看。"

听到这话韦斯特笑了。

"这恐怕有些困难。"韦斯特说。

"为什么？"

"出事前，韦格和汤普森把他们的股票都转给我了。"韦斯特平静地说。

"噢，是这样。"约翰认为韦斯特明显在撒谎，但没有揭穿。

"我很忙，梅里克先生。还有别的事吗？"

"没有了，韦斯特先生。那就再见了。"

约翰走出五金店，坐上马车回家。和韦斯特的这次会面让他很不舒坦。韦斯特的冷酷、狡诈明摆着告诉他，为了保护他这笔不义之财，这个人什么都做得出来。约翰本以为让他承认是很容易的事情，但是韦斯特却没有梅尔维尔其他居民的单纯。此人是如此的世故、精明，就好像一直生活在人情复杂的大城市一样。而约翰自己现在也不能确定，是否能最终让对方把钱还给约瑟夫和埃塞尔。

第十九章 斯其姆・克拉克要献殷勤

此时正值盛夏，梅尔维尔的人们对韦格农场的有钱人已经不再像一开始那么好奇了，虽然每当女孩子们走在镇里的街道上，人们还是会忍不住盯着她们精致时髦的装扮使劲看。大家对少校和约翰都非常敬畏，不过总的来说对这批城里人没有一开始那股新鲜劲了，已经适应了他们的存在。

麦克纳特仍然在绞尽脑汁地思考，怎么能从这家人身上再骗点钱。而约翰一家，则正忙着为解开一切谜团制订计划。

说起前边提到的克拉克寡妇，也是一位精明的妇人。丈夫死后，克拉克寡妇就继承了他的买卖，做得有声有色。亡夫留给她五百美元的保险金和这家小小的马具店。克拉克太太不会做马具，也不会修，所以她索性处理了那些东西，整个把小店翻新了一遍。她把室内刷成明黄色，天花板刷成蓝色，弄了几个架子和一个柜台，然后用那笔保险金进货，买了糖果、香烟、文具等，外加数量不多的平装小说。

克拉克的小儿子叫斯其姆，也力所能及地帮忙。在母子俩的努力下，小店经营得蒸蒸日上，在第八年的时候，小店不仅保住了五百美元的本，而且也足够维持生活了。

斯其姆的名字就是从他舅舅彼得·斯其姆伯利的名字而来的。这位舅舅在另一个小镇有一座农场。如今，斯其姆已经长成十八岁的小伙子了，瘦瘦的身板，白白净净的脸庞，一双大手和长长的尖鼻子是他最显著的特征。可能因为斯其姆常年在店里干活，所以别的事一概不懂。冬天的时候，他就傻傻地坐在火炉边，夏天就坐在科丁的店里听大家闲聊、八卦。斯其姆不善言谈，不过他母亲曾说，斯其姆其实是个"很有想法"的孩子，只是别人都不明白罢了。

克拉克寡妇自己就很热衷于八卦，镇上的事她无所不知。她还有个习惯，就是店里的小说上架之前，自己先读个遍，因此脑子里也是装满了各种浪漫离奇的故事。"比起吃饭、睡觉，我唯一更喜欢的，就是荡气回肠的爱情故事。现实生活中爱情太稀有了，像我这样一个孤苦伶仃的可怜女子，只能从小说里寻找慰藉。"她经常说。

所以韦格农场来了百万富翁以后，没有人比克拉克寡妇更感兴趣。她先是主动帮忙收拾房子，房子里新送来的精美家具让她叹为观止。看到一行人的到来，她热切地观察三位小姐的漂亮裙子。有一两回，几位小姐到她的店里买笔之类的文具，也让克拉克寡妇对她们的礼貌和教养赞口不绝。

这就为她后来的决定埋下了伏笔。一天，克拉克太太来到农场，悄悄走到房子的后门，正巧看到诺拉正在给餐巾锁边，而且心情不错。诺拉针线活做得非常好，不过她需要有人帮她穿针引线。厨娘玛丽一直在做这件事，可是这一次克拉克太太刚好坐下来找她聊天，所以也就顺便帮诺拉的忙。

从诺拉的口中，克拉克太太对几位小姐又有了更多的了解。诺拉一直对她们几个称赞有加，说她们一直很有礼貌，对她很好，她也很喜欢和几个女孩子聊天。另外，她们也的确很有钱，或者说是约翰很有钱。这位富翁自己没有孩子，所以等他以后不在了，少说也能给几个姑娘一人留几百万美元。

诺拉说："而且她们几个都单纯善良，一点也没有被城里乌七八糟的东西沾染。用汤姆的话说，几个孩子的裙子都像示巴女王[1]的袍子一样精致，可是她们成天到处跑来跑去，就和普通乡下孩子没什么两样。帕琪小姐在学挤奶，而贝丝小姐自己照顾鸡棚里的鸡。我的玛莎·克拉克，她们就和普通人家姑娘一个样，虽然有钱，可她们一点也没有给惯坏了。"

这一席话唤醒了寡妇克拉克的野心。其实她早就有这个想法了，只是听了这些话，让她更坚定了。离开农场之前，她有机会暗地里把几个女孩子观察了一番，认为她们符合自己的标准。

晚餐的时候，她对儿子说："斯其姆，我希望你去追求喜欢的女孩子。"

斯其姆诧异地看着她："啥？您说我？"

"是的，孩子。也该是时候考虑你的终身大事了。"

斯其姆听到这个说法，手里餐刀停在嘴边，认真地思索了起来。接着他把刀放到一旁，深吸了一口气问道："谁呢？"

"什么谁？"

"我该对谁献殷勤呢？"

"斯其姆，你还记得我们最近看的书《疯狂的复仇天使》吗？书里说，缘分会来敲每个人的门。现在缘分就来敲你的门啦。"

斯其姆听着，眼睛不安地朝自家的门看了一眼，然后摇了摇头。

"那都是傻想法，妈妈，你别让那些书里的什么浪漫把脑子弄糊涂了。"

"我是傻瓜吗，斯其姆？"

"我说了可不算，妈妈。"

"缘分来敲门啦，可是你都不去开门，你呀你，斯其姆。我要去洗手了,你以后就饿死算了。"

斯其姆看样子很是烦恼。

"你这到底是怎么了?"斯其姆紧张地问道。

"你的眼皮子底下就来了个百万富翁,他现在住在梅尔维尔,有三个亲戚家的闺女也一起住在那。这些姑娘以后可都是要继承大钱的。"

斯其姆轻轻地吹了一声口哨。

"你是想让我追求其中一个是吧?"

"干吗不呢?你的家庭也不差。除了你那个舅舅,上次好不容易挣了钱后来又走了下坡路,迷上赌马。你还年轻,长得又帅,有三个姑娘在那等着你去赢得芳心呢。斯其姆,缘分来了你就大胆迎接,以后就能过上好日子了。"

斯其姆一时没有回应。他喝光了杯子里的茶,盯着对面的墙壁发呆。这个主意不赖,他想。毕竟,他也一直对自己很有信心,因此根本没有考虑过,如果这么去做,会不会遇到困难。

"佩吉说傻瓜才会结婚,佩吉自己也是为了钱结婚的。"他慢悠悠地说。

"哼!为了钱!玛丽·安·科丁一共就只有一百四十块钱,而且那会儿早就是老姑娘了,还斜眼,佩吉不是照样去追求了。"

"可是我还没到外面的世界看看呢。"斯其姆说。

"要是你不为了钱结婚,你永远也出不去。这其中的一位小姐将来会带你去欧洲玩十几个来回呢。"

斯其姆继续思考了起来。

"可是要去献殷勤,得穿像样的衣服。"他说,"我这个样子，穿着尼克·索恩给的旧套装，可没办法坐在那个房子里，里边的家具都那么高级。"

"这衣服多好啊，是我给你亲手改的，里外重新缝了一遍呢。"

"可这看起来就是不像店里买的衣服。"斯其姆说。

克拉克太太叹了口气。

"男人穿什么衣服不重要，斯其姆。"

"可是要想像样地给人献殷勤，衣服就得体面。"斯其姆坚持道，"女孩子喜欢小伙子们穿戴体面点，看起来才像回事。"

"为了给你换来这身衣服，我给了尼克·索恩两美元加一包烟呢。他说衣服没啥毛病，就是有点紧，不舒服。这样吧，斯其姆，要是你答应以后结了婚给我五十块钱，我就给你从山姆·科丁那买一套店里的衣服。"

"五十块钱？"

"可是我把你养大的！我累死累活地照顾店里。要么给我四十块，我也不是小气的人。要是你能娶到城里姑娘，四十块钱对你来说啥都不是。"

斯其姆皱了皱眉头，然后笑了，露出一排缺了一颗的牙齿。

"让我再考虑一晚上，明天一早告诉你，妈妈。不过除非给我买商店里的衣服，不然我去都不去。"

注释：

[1]示巴女王是公元前非洲东部示巴王国的女王，在《圣经》中有所记载，以华美的形象出现。

第二十章　失败的追求行动

经过思考，斯其姆更加确信，母亲的提议着实可行。他本人没有强烈的结婚意愿，因为自己还年轻，对现状也比较满意，但是像这样的机会可不是天天都能碰上，斯其姆觉得还是不要错过的好。

第二天，斯其姆就得到了他想要的"商店衣服"，另外还有一条红色的领带——据山姆·科丁说是时下最流行的样式。外加一副黄色的儿童手套，也是为了让他看起来"更时髦"。一开始，斯其姆也不确定这手套是否合适，不过山姆说这副手套正是"城里人戴的那种"，斯其姆也就打消了顾虑。

到了晚上，在母亲的帮助下，斯其姆整装向着韦格农场出发了。

开门的是贝丝。这时候客厅里灯火通明，约翰和少校正在房间一角下西洋棋，帕琪独自练着钢琴，露易丝在看书，而贝丝在忙一份精巧的针线活。

门开了，斯其姆伸着脑袋说道："晚上好，女士，我是来串门的。"

贝丝忍住没有笑出来，而是温和地说："那就快请进来吧。"

"那就谢谢啦。我叫斯其姆伯利·克拉克，从镇上来。妈妈在村里开店。"

"很高兴认识你，克拉克先生。请允许我介绍我的舅舅和表姐妹们。"贝丝说。她觉得对方很好玩。

斯其姆很认真地听贝丝介绍，然后坐在了靠近钢琴的一把直背椅上，和房间尽头几个女孩子待的地方靠得很近。约翰笑了笑，继续和少校下棋。而少校则开玩笑说，如果有一副克拉克的油画像，他愿意花一美元买下来。

露易丝继续躺着看书，一边饶有兴致地打量着这位访客。帕琪看这情形似乎很有趣，也搬了一把椅子靠近大家坐着。贝丝继续做她的针线，脸上带着捉摸不透的微笑。这下子斯其姆决定了，认为自己"挑了其中最漂亮的那个"。

其实，他的眼光也不赖。贝丝·德·格拉夫的确天生丽质，在这方面两个表姐妹都无法与她媲美。露易丝的举手投足也许更有吸引力，而帕琪的性格让人着迷，但是贝丝的确是三姐妹中长得最漂亮的一个。而她最迷人的一点，就是她对自己的美貌毫无察觉。

因此斯其姆紧紧地盯着贝丝看，而如果帕琪和露易丝向他问问题，他就敷衍着回应。

"你不想把手套摘掉吗？晚上并不冷。"露易丝问道。

斯其姆看了看自己的手，回答说："摘下来再戴上可不容易。"

"那就不要戴了，"帕琪建议道，"在乡下可以不用管那些社交场合的繁文缛节。"

"是吗？那我就脱下来了。其实我不喜欢戴手套，可是妈妈非让我戴，说是'小伙子要去给人家小姐献殷勤，就得打扮得像模像样'。"

这下子大家哄堂大笑，然后斯其姆有些生气地看着她们。他不觉得自己说的话有任何好笑的地方。可是她们还是在他面前咯咯笑个不停，笑得眼泪都流出来了。

斯其姆一声不吭地摘下手套，想着让这些"傻丫头自己笑完"。

姑娘们发现他有些不高兴了。她们不想冒犯了这位客人，弄得以后去克拉克的商店买东西不自在，所以很快就平静了下来，想办法让这个小伙子尽快忘记她们不礼貌的举动。

"我能问一下，你对我们中的哪一个最中意呢？"帕琪礼貌地问道。

"这种事我没啥经验。"斯其姆看着自己的一双大手，脸有点红，"再说你们都在这，我不好意思说。"

"说嘛，我们都想知道呢！"露易丝也请求道。

"我觉得，你们都在这，然后我说出来挑哪一个，这样不好。"斯其姆说。只见他已经恢复了自信，"可是妈妈说，我至少得追到一个。"

"要是你想要不止一个，那就违法了。"贝丝说。

"噢，一个就足够了。"斯其姆咧嘴一笑继续说道，"佩吉说了，一个还嫌多呢，男人不能上哪都带着自己的婆娘。"

"嗯，没错。"帕琪回答说，"不过现在这有我们三个，除非你觉得我们都配不上你，不然还是得选择一下呀。"

"你们几个傻丫头现在又在干吗呢？"约翰偶尔听到他们对话的零星半点，好奇地问道。此时他正和少校下棋下得快输了。

"这个时候您就该保持安静，舅舅，"帕琪开心地回应，"我们有重要的事要考虑，和您无关。"

这时，斯其姆暗自想，嗯，除非最后没得选，不然不能要这个，太专横了。

"一开始,我就是随便献献殷勤的意思,一般小伙子们不太熟的时候不都是这样吗。不过非要我最后选一个定下来的话……"说到这他犹豫了一下。

"噢,对了,你可一次只能选一个,不然不合规矩啦。"露易丝说。

"那就选那个深色眼睛、正在缝东西的吧。"他慢慢地说。

贝丝停下手里的活,抬起头微微一笑。

"请继续,克拉克先生。"贝丝鼓励他道,"我叫贝丝。你还记得吗?"

"叫我斯其姆就行。"斯其姆说,倒也彬彬有礼。

"很不错,斯其姆。我说帕琪,如果你光是在那坐着傻笑可不行。克拉克先生是认真来献殷勤的,而现在时间也不早了。"

"我今天晚上这殷勤也献得差不多了,"斯其姆说,"下次她们就不会笑话我了,那下次再……"

"噢,请您不要再往后推了,"贝丝说,用她那双温柔的棕色眼睛望着斯其姆,"你不要理她们。你看我就不在乎。"

"这事急不得。"斯其姆说,"我认识一个叫默克尔的,追求了人家三个星期才表白的。他自己跟我说的。"

"那他就是个傻瓜。"帕琪赶紧说,"你看看贝丝,她早就等不及让你把心里话都说出来了呢。"

这个时候,斯其姆的信心受到了极大鼓舞,之前的那点顾虑也一扫而光。他之所以如此,部分是因为他对几个姑娘做事方式不了解,也怪他母亲的话一直让他误以为——只要他表明心意，就可以被接受，而这让斯其姆最终摆脱了内心的不自信。总之，他很快就落入了几个女孩子的圈套。

"贝丝小姐，如果你愿意，就嫁给我吧，你说什么时候就什么时候。我已经答应要帮迪克·皮尔森收割，不过我可以让奈德·朗代我去。反正这也无所谓。"

"可是我不能让你就这么打破承诺呀。"贝丝立刻说道。

"为什么？"

"噢，因为那是不对的。皮尔森先生永远也不会原谅我的。"她坚持道。

"那能不能……"

"不行，收割以前都不行，斯其姆。我不会同意的。"

"那收割之后呢……"

"不行，我不能等到收割以后再结婚。你现在跟人家已经有承诺在先，我不能让你打破承诺，所以不得已，只能拒绝你啦。"

斯其姆先是大吃一惊，继而一脸困惑，最后烦恼不堪。

"那是我求婚的方式不对。"他喃喃自语，脸憋得通红。

"你的求婚很完美，"帕琪说，"只是贝丝太古怪。恐怕她也不会是个好婆娘。"

"那也许那个穿蓝色衣服的姑娘……"

"不行，"露易丝说，"我和我的表妹有一样的怪癖。要是你没有答应人家要给人收割，我就听你的了，可是你都说好了，就不能打破承诺。"

斯其姆叹了口气。

"可要是我一个也没有追求到，妈妈会生气的。"他悲伤地说道，"她在山姆·科丁那花了一笔钱，给我买了这身献殷勤专用套装。这双手套戴过了，也不能退了。这下子妈妈可要生气了。帕琪小姐，你能不能考虑……"

"恐怕不行。"帕琪立即说，"伤了你的心我很抱歉，斯其姆，让你这么难过，没准会生气，还让你母亲的投资没有获得回报，会朝你发火，这些我都非常抱歉，我自己也很难过。不过给我时间，我会感觉好一些的。我希望你找到一位好妻子，她一定比我好得多。"

斯其姆不完全理解帕琪说的那些词，但是能听懂大概意思，顿时心情低落。

"这附近有钱人家的女孩可不多。"他说，非常后悔没把握好机会。

这下子大家又忍不住笑了，约翰和少校索性不再下棋，而是跑到这一边看看大家在说什么这么开心。

"怎么了，年轻的女士们？"约翰看着笑得像三朵花一样的女孩子和哭丧着脸的男孩子问道。这时候男孩开始怀疑，这几个姑娘是不是在捉弄他。

"舅舅，你不知道你差点失去我们呢，"帕琪说，"就这半个小时里，我们每个人都收到了一次求婚。"

"我的天！"约翰感叹道。

"这就表现出了这位年轻人又聪明，又有好品味。"少校说道。他也觉得很有意思，接着说，"可是先生，你一下子向三位求婚，这也确实有点犯傻。"说完，少校饶有兴趣地看着他。

"不是啊，我向三个求婚，可是没有一个识货。"斯其姆答道。他为这身衣服完全没有发挥作用感到非常郁闷。

"我可识货，"少校说，"我相信你肯定是个好小伙子。希望明年你能来巴尔的摩一趟。我不在那，但是会给你留一张卡片的。"

"一定要再来，年轻人，十月份就好，赶在下雪之前。"约翰也说道。

斯其姆站起身来。

"我一个也没有追求到，这都是妈妈的错，害得我被人笑话。我不会告诉她我被人笑话的。"

"你要对母亲好点，斯其姆，"贝丝轻声说道，"要记住，她无论如何是和你站在一边的。"

这句话斯其姆与其说是听懂了，倒不如说是已经深有感触，也无法反驳。于是他拿起帽子，迫不及待地离开了。斯其姆走后，帕琪擦着笑出来的眼泪，说道："这实在是了不得了，我从生下来就没有笑得这么厉害过。"

第二十一章 设下陷阱

约翰不得不对几个孩子承认,他夸下海口要三天拿下鲍勃·韦斯特着实是有点难度,能三个星期揭穿韦斯特也算是厉害的了。不过他没有隐瞒任何事情,而是把和韦斯特会面的内容一五一十地告诉了几个孩子,还说了约瑟夫告诉他的柜子里的股票一事。大家自然对事情的新进展表现出了极大的兴趣,急切地想要进行调查。

"这个人当然是在说谎,"帕琪说,"韦格船长和老汤普森根本不可能在他带来所谓火灾消息以后,把股票转给他。"

"我相信股票还在柜子里。"约翰说。

"除非韦斯特偷了钥匙,偷走了股票。"露易丝说。

"我敢肯定,他不知道秘密抽屉的事。"约翰说,"也许他偷了钥匙,然后在柜子里找了半天;如果他找到了股票,就会把钥匙留下,因为也没有用了。而正因为他没有找到股票,才把钥匙带走了,这样等有空了就可以回头再来找。可是钥匙从来就没有再出现过。"

"哈,约翰,你身上还真有侦探的潜质呢。"少校叹服地说,"你的推理既聪明,又无可辩驳。"

"我在想,如果我们能诱导韦斯特再来搜查一次就好了。"贝丝说。

"我们在这,他不太可能会冒这个险。"约翰说。

"所以我说要诱导啊,舅舅。"

"贝丝,那么依你的意思是?"

"让我先好好想想,稍后再告诉您。"贝丝静静地说。

* * * * *

埃塞尔本来要告诉约瑟夫,他就这么不辞而别她是多么生气。可是她从约翰那里得知了约瑟夫的悲惨境遇,所以决定不计前嫌,去探望她的老朋友。而约翰也觉得,没有必要再替约瑟夫向她解释过去的误会了。

约瑟夫现在知道,他写给埃塞尔的信对方从来没有收到,所以埃塞尔一进门,两人相互问好之后,他就让凯特·凯博去把麦克纳特请来。

结果凯特一个人回来了。

"佩吉说他来不了。"凯特说。

"为什么来不了?"约瑟夫问道。

"他说他刚把假腿漆成蓝底红条纹,油漆还没干。"

"你再去告诉他,就说他有大麻烦了,要是不赶紧过来,损失可比一层新油漆要大多了。"

于是凯特又跑了一趟。过了一阵,就可以听见麦克纳特的假腿踩在楼梯上的声音了。麦克纳特走了进来,见埃塞尔和约瑟夫的表情,他一脸狐疑又有些担心。不过他想和往常一样死不认账,逃脱指责。

"你可挑了个好时候把我叫来,约瑟夫,现在想一个人坐下来安安静静地给假腿上油漆也不行了。"他嘟囔道。

"我说佩吉,我三年前离开的时候,给了你一封信,让你转交给埃塞尔小姐,那封信去哪了?"

佩吉凸出的眼睛盯着他的蓝色假腿,先看看一边,然后又查看了一下另一边的红色条纹。

"我去寄了,可是上面没贴邮票,山姆·科丁说没有邮票不能寄。"

"那本来就不是让你通过邮局寄的,我给了你二十五美分,就是为了让你当面把信给埃塞尔小姐。"

"你给了吗?你确定你给了吗?"

"我当然给了。"

"那就怪了。"麦克纳特一边说,一边用一根手指小心地碰了碰假腿,看看油漆有没有干。

"我说先生!"

"哎呀,约瑟夫,你发什么火。那个你给我的二十五美分的硬币滚到门廊上的夹缝里拿不出来了。对,就是丢了。"

"这难道是我的错?"

"我不是怪你,可是本来这是笔不错的交易,然后整整二十五美分就这么没了。"

"那你干嘛不把地板拿起一块来,把钱找出来?"

"噢,我找了。"麦克纳特说,"可是找出来的时候那个钢镚脏得不行,根本看不出来是银币,山姆的店里不肯收。然后我让我老婆试着给它弄干净,可是我老婆你也知道,她对待那个该死的钢镚就和干别的事情的时候一样,把两面都磨得跟玻璃似的,光溜溜的。然后山姆还是不要,说这已经不像钱啦。我就在上边穿了两个洞,当成背带裤的扣子用了。"

"可是为什么你不送信?"

"那你让我往汤普森路口白跑一趟?"

"可是我已经给了你二十五美分。"

"可是那已经变成扣子了。你这也太不讲理了，约瑟夫。"

"信在哪？"

"早就没了。不过是几张纸，过了三年了……"

"到底在哪？你要是不好好回答我，我就告你违反信用，让你坐监狱！"

"约瑟夫你变了，你不再是那个……"麦克纳特正说着，一副悲伤的样子。

"信在哪？"

"在客厅的镜子后边。"

"那么你现在赶紧把信拿来，先生！"

"要是在这暴土扬长的路上再跑两趟，我这油漆就得重新刷啦。"

"埃塞尔，请你给车站打电话，让治安官先生过来一趟。"约瑟夫语气出奇地平静，但能听出他已经非常生气了。

"算了算了，"麦克纳特立刻起身，"油漆又值不了几个钱。"

麦克纳特踉踉跄跄地走了，不过是让凯特把那封已经不成样子的信交给约瑟夫的。看样子信封好像被人踩上去过，而且有打开的痕迹，想必也有人看过了。只见封口有胶水拙劣粘补的痕迹，明显是后来粘起来的。

不过好歹埃塞尔现在拿到信了，虽然迟了三年，她仍然忍不住在读信的时候热泪盈眶。这封信将约瑟夫没有勇气当面说出口的情愫，用细腻的笔触娓娓道来。"我最大梦想就是创造一个属于我们的家，亲爱的埃塞尔……"信上写道。读到这里，她甚至恨自己曾经怀疑过约瑟夫对她忠诚的爱意。

第二天，埃塞尔骑着她的小马来到韦格农场，脸上仍然洋溢着幸福的笑容。她告诉几个姑娘们，自己和约瑟夫好好地畅谈了一番，对彼此更加了解了。不过姑娘们暂时还没有告诉埃塞尔，她们有可能帮埃塞尔和约瑟夫赢回财产，让他们今后过上好日子。毕竟鲍勃·韦斯特仍然可能成功抵赖，赢了这场游戏。好在这个时候，不需要一笔从天而降的巨额财富让埃塞尔开心，因为她重新找回了青梅竹马的伙伴。约瑟夫受了伤，性格倒变得更有同情心、更有趣了。

与此同时，约翰正仔细地思考着。就这么被一个乡下的商人弄得几乎束手无策，让他非常恼火，因此约翰下定决心，一定要拼尽全力和对方一争高下。

约翰于是给纽约的经纪人发了一封电报：

"埃尔马克的森林哪部分三年前被烧？"

他得到的答案让他非常满意，不禁"哼"了一声。

"三年前埃尔马克没有火灾。七英里以外的埃尔马多纳着了火，报纸报道的时候弄错了名字。"

"太好了！"约翰高兴极了，"这下逮到这个无赖了。"

于是约翰立即给木材公司发出指示，在收到进一步指示之前，不再向罗伯特·韦斯特支付款项。这么一来，结果就是韦斯特气冲冲地跑到了农场，来到右厢房找约翰。

"你这么做是什么意思，梅里克先生？"

"我们已经连续三年付给你本来不属于你的钱了。"约翰回答道，"过几天，我的调查就结束了，我会给你两个选择，第一个是以侵占他人资产罪——也就是韦格船长和汤普森的钱而被捕,第二个就是把属于他们的钱一分不少地还给他们。"

"你这么做也太嚣张了,简直是欺负人啊,先生。"韦斯特紧紧地盯着约翰冷笑道。

"并非如此,我这是宽宏大量。"约翰回应道。

"约瑟夫和汤普森家都没有埃尔马克的一分钱股权,这个公司是我一个人的!"韦斯特大声说。

"那就把股票拿来证明一下吧!"约翰反驳道。

就在这时,露易丝走进了房间,打断了二人的对话。

"约翰大伯,今天下午我们要在瀑布那里野餐,你也一起来吗?"

"我肯定不会错过的。"约翰微笑着回答。

"我们还应该带上托马斯和诺拉,然后开开心心玩一天,晚上月亮出来了再回来。"露易丝说。

"不错,正合我意,亲爱的。"约翰回答。

韦斯特闷不吭声地站着。不过露易丝离开的时候,瞥见他刚好抬眼看了看那个柜子,神情十分狡猾。

"梅里克先生,"韦斯特不客气地接着说道,"我警告你,如果你的公司不付钱给我,就是违约,就别想从我这砍走一棵树。你肯定清楚,数不清的公司都在等着想要取代你的公司,给我更高的报酬呢。"

"那就请便吧,先生。"约翰平淡地说,"我相信你这样是没有出路的,不管你做什么。"

韦斯特走的时候,比他来的时候还要沉默。这下子,女孩子们可高兴了:"陷阱设好了!"

"我想是的。"约翰说,"野餐可是个不错的点子,露易丝。"

第二天刚刚过午,大家就带着吊床、野餐篮,和其他需要的物品去参加野餐聚会了。三个女孩、诺拉、约翰挤在新马车里,而少校和老哈克斯则乘坐老马老丹拉的旧马车。老丹一路喘个不停。不过因为前边有年轻的马儿小乔,老丹比平时跑得都快,再加上哈克斯最善于驾驭这匹老马,这一回老丹并没有落后多少。

一行人在经过梅尔维尔的时候短暂停留,在店里买了些东西,然后从北边的路出发了。韦斯特正站在五金店的门口,一言不发地看着他们。等到他们从视野里消失,韦斯特立马锁上了五金店的门,朝着皮尔森农场的方向信步走去。注意到他这一举动的,只有麦克纳特一个人,因为他本来要去韦斯特的店里买钉子,却见他离开了,非常失望。

等到梅尔维尔被大家远远甩在身后,约翰加快了速度,马车沿着湖边一路驶去,最后到达一条小路的入口。他之前发现这里有一条回韦格农场的捷径。老托马斯见要去举办野餐派对的众人却走了一条回农场的路,感到十分困惑,可是除了看不见东西,也不知道现在在哪的诺拉,其他人却一点也不惊讶,似乎还在竭力克制兴奋的情绪。

这条捷径坑坑洼洼的,马车走过大块的石头时只能慢慢来。于是贝丝和帕琪索性跳下马车。贝丝喊道:"舅舅,我们打算跑过树林回家。"

"要小心,不要暴露,牢记我们的计划。"约翰答道。

"我们会小心的。不要忘了把马拴在树丛里,而且让托马斯和诺拉保持安静,等着我们来找他们就行了。"帕琪说。

"我会注意的,亲爱的。"露易丝说,"不过如果你们俩打算步行,那就得赶紧了,不然我们就得等你们。"

这个时候,姑娘们已经对这附近的每一条路都非常熟悉了,因此,贝丝和帕琪在松树林里可以随意行动。马儿们又拉着车子出发了,磕磕绊绊地走了大概一英里,新马车的一个轮子卡在了两块石头中间,车轴颠了一下,卡在了地上,这下子马车走不动了。

大家停下来检查了一下马车的情况。"现在该怎么办?"约翰问道,看样子非常烦恼。

"让托马斯回镇上另外再买一个轮子来。"少校建议道。

"今天可不行!无论如何,今天下午我们不能再出现在镇上了。"

"的确如此,"约翰也立即同意,"托马斯和诺拉必须始终待在这里野餐,直到快午夜的时候。然后他们可以驾着马车回家,让老丹跟在后边。明天有足够的时间买新轮子,这样坏掉的马车也不会碍事。"

老哈克斯恐怕觉得这家人一准在这天集体发神经。因为约翰、少校和露易丝把好几篮子可口的食物全部都留给他和诺拉享用,然后自己走着回农场了。

"我们不能走得太慢,"露易丝说,"虽然韦斯特可能会等到天黑再到农场,但是他也可能选择今天下午的任何时候。他亲眼看着我们离开,因此他可以确定家里没有人。"

不过大家还是不得不沿着这条难走的小路往回赶。与此同时,帕琪和贝丝沿着树林里的小径走,就快多了。

第二十二章　请君入瓮

"我们好像早了。"贝丝说。这时候她们已经来到了树林边缘,看得见农场的房子了,"不过反正迟到也没什么好。"

忽然,贝丝停了下来,轻轻地叫了一声,一面用手指着直对她们的右厢房。只见鲍勃·韦斯特出现在房子的一角,正试图打开约翰房间的门。门没打开,他又走到一扇法式窗户下。窗户并没有上锁,于是他立刻打开窗子,钻了进去。

"我们该怎么办?"帕琪紧张地握紧了手。

而贝丝遇事总是能保持镇定。

"你悄悄地爬到窗子那边去等着,直到听到内室门打开的声音。"她对帕琪说,"我跑到房子另一边,从客厅进去。你知道的,钥匙就在门垫底下。"

"可是我们能做什么呢?我们不该等到约翰舅舅和爸爸回来吗?"帕琪问道,声音有些颤抖。

"当然不行,等到那个时候,韦斯特可能早就打开柜子把东西偷走啦。我们必须立即行动,帕琪,不要怕。"

贝丝没有再多说话,就跑到了屋后消失不见了。而帕琪则在努力控制,让心脏不要狂跳不止,然后轻手轻脚地走过草坪,冒着被发现的危险,偷偷地透过约翰房间打开的窗户往里看。

只见鲍勃·韦斯特又高又瘦的身影站在柜子跟前,似乎比平时还镇定。柜子的门已经打开了。外层的门是木制的镶板门,雕刻着花纹。而里边的门则是厚厚的金属,柜子的锁上现在插着丢失已久的钥匙,两个钥匙都拴在一条细细的银色钥匙链上。

帕琪看到，韦斯特正全神贯注地检查里边的文件，明显想要找到股票凭证。不过看样子他并不是很着急，因为他以为自己还有好几个小时的时间。他翻着韦格船长从国外带回来的纪念品，把这些东西都丢到地板上，然后伸手仔细搜查柜子里的每个角落。他曾经来这里搜查过一次，却一无所获。这一次，韦斯特决定无论如何也要成功。

韦斯特从口袋里掏出一支香烟点燃。就在他准备把火柴丢到地板上的时候，好像突然反应过来，这样可能会留下痕迹，于是朝着窗口走过来。这下子帕琪吓坏了，知道得赶紧逃跑，或者藏起来才行。然而她却站起身来，迎面用挑衅的目光死死地盯着韦斯特，刚好和对方的目光相遇，只见韦斯特也吓了一跳，眼睛里闪过一丝恐惧。

两人就这么面对面站着，先是一动不动。还是韦斯特脑子转得快，看样子在野餐一事上他失算了，这个女孩子不知道为什么留在了家里，发现了他，看到了他站在柜子跟前，肯定会告诉约翰·梅里克的，这样的话，他就吃不了兜着走了。而一旦拿到股票，他就不在乎了，尽可以对着他们哈哈大笑也没关系，这样反倒更加坚定了他不达目的不罢休的决心。

这些想法很快在他的脑子里闪过，因此韦斯特只犹豫了片刻，就一言不发地把火柴丢到窗外，然后故作平静地走回了房间里，继续在柜子里翻起来。

就在这时，另一件事又让他吃了一惊。就在他转身的短短几秒钟里，另一个女孩子也进入了房间。贝丝打开门的时候，正是韦斯特转身走向窗子的同时，于是她趁机蹑手蹑脚地走进了房间，拿走了门上的钥匙，然后悄无声息地把钥匙丢进了桌子旁边的一只大花瓶里,瓶子里还插着花。结果韦斯特马上就转过身来,看到了她,但是她只是微笑地看着对方说:"下午好啊,先生,我能帮你做些什么呢?"

韦斯特失去了耐心,随便敷衍了一声,对贝丝怒目而视。

"你们俩一直在房子里吗?我以为你们待在房子里的时候总是吵吵闹闹的呢。"他说。

"噢,不是的,我和帕琪在家里的时候总是很安静。"贝丝笑着回答,"帕琪,进来吧,和我一起招待一下我们的稀客。"

帕琪从窗子翻了进来,站在贝丝身边。韦斯特盯着她们,紧紧地咬住嘴唇,然后转身面朝柜子。不知道韦斯特有没有注意到钥匙已经不见了,不过他没有提,只是用更大的动作开始翻柜子里的纸。

贝丝坐下来看着他,但是帕琪仍然站在贝丝身后。韦斯特翻空了架子,犹豫了一下,就从口袋里掏出了一把小刀,开始撬柜子上镶着的铁边。显然,他也怀疑股票藏在秘密地方,这让贝丝感到不安。

韦斯特从上到下仔仔细细地撬着,一层一层地检查,慢慢地已经开始检查柜子底层的铁板了,完全无视旁边盯着他的两个女孩。突然一阵响声,把房间里的三个人都吓了一跳。韦斯特一转头,看到房间里又出现了更多的人。而站在面前的,正是绷着脸的约翰·梅里克。

这副情景太戏剧化了,尤其是对于拼尽全力想要保住自己财产的韦斯特而言,更是如此。韦斯特这下明白,这次行动彻底失败了。他转过身,拍了拍手上的灰尘,朝着刚刚走进来的人们慢慢地点了点头。

"进来吧,梅里克先生,"韦斯特说着,自己一屁股坐在了一把椅子上,摘下了帽子,"我为私自闯入您的房间道歉。"

约翰气急了,看到韦斯特这副无所谓的冷静模样,更是怒不可遏,大步走进房间。少校和露易丝紧随其后,都盯着鲍勃·韦斯特的脸。

"不过柜子里的东西属于韦格船长,即便你买了房子也不能说就是你的。你那天竟然冤枉我,所以我在这找证据,证明埃尔马克木材承保公司的股票都是归我所有。"他平静地说道。

"找到了吗?"约翰问。

"还没有。"

"你说股票上名字都是你的?"

韦斯特犹豫了一下。

"韦格和汤普森把股票都转到了我的名下。"

"那么转让手续是不是也写在股票上呢?"

"那是当然,先生。"

"如果是这样,我就得向您道歉了,不过事实还是需要证明的,而且证明起来很简单。"

约翰走到了打开的柜子前,找到了约瑟夫提到过的铁板,向前一拉,一个小抽屉出现在了挡板后边。约翰从里边拿出一叠文件。

韦斯特忍不住想要站起身来,不过他很快又坐回了椅子里。

"嗯,这正巧是那份有争议的股票文件。"约翰说着也拿了一把椅子坐到桌子前,打开折起来的文件,仔细地查看了一番。

几个女孩子全神贯注地看着约翰的表情。约翰先是皱了皱眉头,然后脸都憋红了。最后,他那张饱经沧桑的脸呈现出像是狠下决心要做什么的神情。

"拿走你的股票吧,韦斯特先生,"约翰把文件扔给韦斯特,"原谅我们错怪了你,反倒让自己出了洋相!"

第二十三章 韦斯特的解释

第二十三章 韦斯特的解释

听了约翰这话，几个女孩子立刻爆发出一阵抗议。少校则轻轻地吹着口哨走到了窗前。

"股票的确是合法地经过了转让，"约翰沮丧地说，他知道这一切让几个孩子非常失望，"韦格和汤普森都签字了，而且有第三方作证明。祝贺你，韦斯特先生，就这么得了一大笔钱。"

"但这可不是最近的事。"韦斯特见对手失望的神情非常得意，"我拥有公司股权已经三年了，您可以从这个文件上看到，在当时的情况下，我为了购买他们手里的股票出价十分慷慨。"

约翰用他那双极具洞察力的眼睛看了韦斯特一眼。

"你的出价当然慷慨，在纸面上慷慨。"

"我有证据表明韦格船长和老汤普森都收到了我的钱。"韦斯特平静地说，"我看似乎您仍然觉得我是个强盗啊。"

这个问题可不好回答，所以大家都沉默了一阵，但是脑子里都是千头万绪。

"我想请韦斯特先生解释一下，他付给韦格船长和汤普森的钱去哪了。"露易丝说道，"当然，如果韦斯特先生愿意的话。"

韦斯特沉默了一会儿，然后用一种淡漠的口吻说道："我愿意告诉你们一切。不过你们得承认，在过去的几天里，你们给我带来了很多麻烦，对我的人格进行侮辱，所以我对你们可没什么好感。"

"您这种感觉确实可以理解，"约翰谦恭地说道，"的确是我不对，韦斯特。但是在这种情形下，怀疑你也很自然。连约瑟夫·韦格也不知道股票已经转让给你了。也许他父亲去世后他只是扫了一眼，没有注意到上面的说明，觉得反正那场大火已经把股票弄得一文不值了。可是如果股票是你的，那么为什么不在你的手里呢？"

"那是怪我大意了。"韦斯特回答说，"这附近唯一的公证人住在胡克瀑布旁边，汤普森请对方到韦格农场来作见证。而我相信我的朋友们，所以我自己不必非得到场。我把钱付给他们，因为他们当时都想赶紧把钱放到安全的地方。他们让我过几天去拿股票。几天后我拜访韦格船长，他们告诉我公证人在场的时候股票转让手续已经合法完成了。韦格说他会从柜子里把股票拿出来给我，可是那天我俩后来都把这事给忘了。他死了以后，我也没找见，因为股票在秘密抽屉里。"

"还有一个问题，如果韦格和汤普森已经和埃尔马克的生意没关系了，为什么听到森林大火的消息反应会那么大，甚至导致韦格船长突然离世呢？"约翰问道。

"看来的确需要我把事情从头到尾彻底解释一遍了。"韦斯特沉吟道，"很明显，从您的问题中可以看出来，这件事在外人看来的确十分蹊跷可疑，虽然你们的怀疑给我带来不少烦恼，但我不怪你。"

"我希望看在埃塞尔和约瑟夫的份上，咱们一次性把事情说清楚。"约翰说。

"的确如此。"韦斯特说道，"你要知道，先生，是汤普森先怂恿韦格船长参与各种投资的。那个时候韦格船长对于这些事情其实已经漠不关心了。除了为自己的儿子前途打算，韦格什么都不在乎。可是汤普森的判断力不怎么可靠，所以韦格就经常来找我寻求建议，而我也一直尽我所能地帮助他。那个时候我刚刚拿下一份埃尔马克的合同，想让他们也加入。汤普森则更倾向于另一笔木材生意，但是那片树林地方太偏僻。汤普森想让韦格和他一起投资，而韦格找到了我，我向他保证，和皮尔斯—莱恩木材公司合作，肯定会有丰厚的回报，但是汤普森还是不愿意放弃另一笔投资。而另一笔投资的木材位置离铁轨太远，不方便运输。最后韦格听从了我的建议，劝汤普森放弃了他的计划，于是我们三人一起成立了这家公司，和皮尔斯—莱恩签了合同。一切都很顺利，回报也指日可待。

"可是就在这个时候，韦格出乎意料地找到我，要把他的股权卖给我。他说汤普森一直不满意，觉得他们应该参与另外一笔投资。虽然他自己觉得我的投资比较好，但是为了安抚他的老朋友，好让汤普森的精神保持稳定，韦格决定撤出他的投资，而和汤普森一起进行另一笔投资。

"我知道埃尔马克最后肯定会赚钱，所以我去纽约抵押了我全部的资产，又把许多卖农具器材的票据折现，最后又以很高的利息借了一笔钱。也就是说，我把我的全部身家都押在了埃尔马克的生意上，将变卖和借来的钱付给韦格和汤普森，买了他们手里的股权。他们一收到钱就把钱用在了博格的那笔投资上了……"

"等一下，"约翰突然问道，"你说什么投资？"

"博格木材公司的投资合同，先生，那个地方在……"

"我知道在哪。我的公司花了整整一年的时间，也没有找到谁是那块地方的拥有者。"

"韦格和汤普森买了那片森林。当时我很生气,因为他们退出了我的投资项目,让我陷入非常被动的境地。我告诉他们,他们一定会后悔的。我想韦格同意我说的,但是汤普森一直非常固执。

"后来就是埃尔马克发生火灾的消息。事后我知道报道错了,但是当时我当然相信了报纸上说的,一时气急败坏就冲到了韦格农场找到他们两个,告诉他们我这下子全毁了。

"这个消息对他们震动也很大,因为他们觉得自己侥幸逃过一劫。而韦格虽然孤僻,却是个富有同情心的人,所以受的刺激比较大,一时心脏无法承受,就突然去世了。而汤普森,本来精神状态就不稳定,看到朋友的死瞬间就发了疯,再也没有缓过来。梅里克先生,这就是我能告诉你的一切了。"

"博格的那笔生意,带来的回报比埃尔马克还要大得多。老汤普森坚持进行那笔投资是明智的。但是能证明他们所有权的股票又在哪呢?"约翰缓缓地说道。

"这我就不知道了,先生。我只知道他们告诉我合同已经生效了。"

"请原谅我这么说,您不是已经看过柜子里的东西了吗?"少校问道。

韦斯特皱着眉头看了他一眼。

"没错,找我自己的股票的时候我的确翻过了,但是却没有看到任何和博格这笔投资有关的东西。我可不是个小偷啊,道尔少校。"

"可是你偷了钥匙不是。"露易丝说。

"我可没有。"韦斯特说,"葬礼那天,约瑟夫无意中把钥匙随便放在一张桌子上，所以我就把钥匙放进口袋了。等我想起来的时候，约瑟夫已经跑了，我也不知道他的地址。我来农场搜了一遍柜子，一无所获。但那时候我不知道找不到股票后果会这么严重，因为那会儿没人怀疑我对股票的拥有权。也就是你们一来，梅里克先生说我抢了朋友的股票，不再付款给我，我才意识到找到证据证明我的所有权有多么重要。这就是为什么我今天会来。"

大家又陷入了沉默。过了一会儿，约翰开口道："如果博格投资的文件找得到，那么约瑟夫和埃塞尔就发财了。我实在想知道股票去哪了。"

没有人能给出答案。于是，新的谜题出现了。

第二十四章 佩吉复仇记

约瑟夫康复得很快。埃塞尔、约翰和三个姑娘经常来看他，这让约瑟夫心情始终保持愉快，体力也迅速恢复了。埃塞尔和约瑟夫对约翰正在调查博格木材场的合同一事一无所知。约瑟夫眼下正计划着等到赚到足够的钱，就再开发一项新的专利，而埃塞尔对约瑟夫的能力也非常有信心，所以钱对于两个人似乎不是那么重要。

自打约瑟夫突然出现在农场已经过去九天了，梅尔维尔的人们也炸开了锅。热衷于八卦的人们都想知道约瑟夫之前的行踪和经历。但是约瑟夫要么待在旅店的房间里，要么在埃塞尔或者几个韦格农场的姑娘的陪同下出门散散步，很少单独露面。他的情况好起来以后，有时韦格农场的人会带着他坐马车兜风。在其他人眼里，约瑟夫成了个和"有钱老爷一家很熟"的家伙。

麦克纳特最喜欢打听别人的事情，所以自然非常好奇，想知道约瑟夫经历了什么样的事故。尽管搞砸了把信转交给埃塞尔一事，"佩吉"·麦克纳特还是想办法去见了约瑟夫一面，结果却弄得他狼狈不堪。但是这并没有阻止麦克纳特对约瑟夫进行各种揣测，而其他人听了也会当真。麦克纳特告诉在店里闲逛的小伙子们，那次事故杀死韦格船长的凶手也试图杀害约瑟夫，而约瑟夫以后想再次逃脱就没那么容易了。他还充分发挥想象力，编了另一个故事，说约瑟夫在城里饿得快死了，干脆当了强盗，正准备入室打劫，却被别人在胳膊上给了一枪。

"我一点都不吃惊，"麦克纳特用一种害怕的口气说道,"要是警察现在正抓他,没准还有赏金呢,咱们得盯着他点!"

他还时不时地在路上"埋伏"韦格农场的三姐妹,试图从她们那里探听口风,最好能证实他的推测。而三姐妹则总是顽皮地调侃他。

大家发现麦克纳特是个有趣的逗乐对象,她们暗示麦克纳特,韦格农场一事中有"阴谋",这多少让他好受了一些。毕竟调查悬疑事件的野心已经化为了泡影,姑娘们知道这样做不会有什么坏处,因为即使是麦克纳特周围的人们,也不会在没有证据的情况下轻信他的。另外,约翰的调查工作很快就会有结果,让真相大白于天下。所以,几个姑娘也就不客气地拿麦克纳特开涮了。

"我这片瓜田可是全国最好的。丹·布莱利觉得他也能种瓜,可是那家伙的瓜田可没有这么好。难道不是吗?"麦克纳特说。

"我觉得布莱利种的瓜也不错。我们今天早上路过他家,还想他是怎么种出这么大的西瓜呢。"帕琪说。

"嗯?你说布莱利的西瓜大!简直岂有此理!"

"其实看着比你种的还大呢。"贝丝说。

"我就不信了!"麦克纳特说着,眼睛瞪得更大了,"布莱利那个倒霉的老家伙,就拼了命也不可能种出什么好瓜的!"

"你这西瓜多少钱呢,麦克纳特先生?"露易丝问道。

"啥?嗯,五毛钱一个。这么好的价钱你上哪去找!"

"那太贵了,布莱利先生说他的瓜一毛五一个呢。"帕琪说。

"又是他！一毛五！"麦克纳特气愤而失望地喃喃道，"这一带，布莱利最会坑人了，就他的西瓜那个德性，还敢卖一毛五，简直该抓去坐牢！"

"可是他的西瓜好像不比你的小啊。"露易丝小声说。

"可是他的西瓜根本不好。那家伙特别不老实，像我这种诚实的人根本不会弄虚作假。梅尔维尔根本没人喜欢布莱利那家伙。去年冬天，他当着人的面说我爱管闲事！说我说话太多，管不住自己的嘴！就凭他？"

"这多不礼貌啊。"

"他就那样！所以我五毛钱的西瓜比他一毛五的好多了！"

"那么告诉我，麦克纳特先生，你的瓜不是偷来的是吧？"帕琪笑着问。

"啥？才不是呢，我自己种的。"

"可是你的西瓜都是五毛钱一个的对吧？"

"那是当然。"

"那么每次你吃一个自己的西瓜，等于吃了五毛钱，可是如果你吃布莱利的西瓜，才只吃掉一毛五。"

"而且吃的还是布莱利的一毛五！"贝丝也立即补充道。

佩吉的两只大眼睛滴溜滴溜转，脸上慢慢浮现出一个微笑。

"去他的，咱这就去偷布莱利的西瓜！"他大声说道。

"好的，我们来帮你。"帕琪赶紧说。

"我的天！"露易丝似乎不明白这是怎么回事。

"多有意思啊，"帕琪开心地说，"男孩子都经常去瓜田里偷瓜呢,我就不明白女孩子为什么不行。咱们什么时候出发,麦克纳特先生?"

"现在正是没有月亮的时候,晚上漆黑漆黑的,咱们就今晚上出发吧。"

"好主意。"帕琪说,"我们会驾着马车十点钟来接你,然后咱们一起去布莱利家的后院,想偷多少就偷多少。"

"他这是活该,"麦克纳特兴奋地说,"这家伙竟敢当着那么多人说我多嘴,我得给他点颜色看看!"

"那你可不要出卖我们呀,先生。"贝丝说道。

"我才不会呢,你们要相信我。而且咱们倒要看看,他那一毛五一个的西瓜是个什么德性。"

帕琪见计划成功,非常高兴。这个计划说来还是她即兴发挥出来的呢,而这也是帕琪的一贯作风。回家的路上,她告诉了贝丝和露易丝自己的"复仇"计划。至于这个要报的仇,自然是麦克纳特把三本"圣人的生活"连诓带骗卖给他们一家人一事了。

"麦克纳特想找布莱利算账,而我们想找麦克纳特算账。我觉得我们的胜算更大,你们说呢?"帕琪说道。

于是三人一合计,决定一起执行这项计划。

当天晚上背着约翰和少校跑出来不那么容易,不过帕琪想办法让这两个人沉迷在国际象棋中,看样子没几个小时分不出个胜负来。然后贝丝偷偷潜入谷仓,牵出马儿小乔,并把马拴在小马车上。很快,其他两个姑娘也偷跑了出来,三人一起出发了。帕琪和贝丝坐在前排,而露易丝则坐在后排马车的华盖下。大家把马车赶得很慢,直到走出去一段距离,马蹄踏在石子路上的声音不至于传到农场,才加快步伐。

同时此刻,麦克纳特正在等着她们。村子里这时候已经黑得伸手不见五指,安静得没有一点声音,所有人都已经上床睡觉了。天上阴云密布,透不出半点星光,的确是个适合偷西瓜的夜晚。

大家让麦克纳特和露易丝一起坐在马车后排,叮嘱他不要出声。丹·布莱利的住处在两英里以外。麦克纳特迫不及待地问她们知不知道路,贝丝则回答说闭着眼睛也能找到。没几分钟,在露易丝的引诱下,麦克纳特已经在滔滔不绝地谈论起韦格农场的事了,完全没有留意马车朝哪个方向走。而马车的后座有华盖和帘子遮掩,所以即便没有几个女孩子不停地分散他注意力,也很容易让人失去方向感。

贝丝驾着马车慢慢地在梅尔维尔的主路上走着,走上一条小路,走过湖边,又回到了主路上。而这一圈路,他们绕了好几次,直到感觉差不多走过了相当于去布莱利家的距离,麦克纳特也觉得该到了。一路上虽然黑漆漆的,但是好在小乔的感觉很敏锐,马车除了偶尔压过一块石头,一直在路中间走得很稳。

不过这次计划真正困难的部分才刚刚开始。马车走到了主干道之前的一条坑坑洼洼的小路上,接着就到了麦克纳特自己的瓜田对面。见马车突然停下来,麦克纳特不解地问道:"怎么,出什么事了吗?"

"这应该就是布莱利家了,"贝丝说,"但是太黑了,我也不清楚我们的具体位置。"

麦克纳特伸出脑袋,试图在黑暗中一探究竟。

"再往前一点吧。"他嘟囔着。

于是贝丝把马车又往前赶了赶。

"停停停！"片刻之后，麦克纳特突然说道，"我好像看到那些一毛五的瓜了，就在那！"

大家立刻下了马车，贝丝把马拴在了篱笆上。麦克纳特赶忙翻身爬过篱笆，然后立刻兴奋地叫道："赶快过来，我找到这些瓜了！"

由于是阴天，光线仅仅足够让人在黑暗中看清楚一个个西瓜的大致形状而已。麦克纳特拿出事先准备好的大折刀，开始疯狂地砍起西瓜的藤蔓来。

"这西瓜生得像草，和草一个颜色！"麦克纳特一边嘟囔，一边又砍断一截藤蔓。

帕琪忍不住咯咯笑起来，其他人也不禁跟着笑。

"轻点轻点！"麦克纳特赶忙提醒大家，"要是他知道了还不给气死？哎，这有个熟的，来来来，都吃一片尝尝。"

大家也不客气，都接过麦克纳特切好的西瓜吃了起来。虽然天黑看不见，不过还真的挺好吃。

大家正吃着，却听到一阵奇怪的嘎吱嘎吱的声音，众人小声互相询问了一遍，也没搞清楚究竟是什么声音。

原来是麦克纳特在瓜田里来回跺脚呢。只见他用他的木头假腿狠狠地踩着每一个西瓜。这一发现让大家有些害怕了，她们只是想引诱麦克纳特把自己的瓜田当成布莱利的，偷几个自己的西瓜罢了，只是个无伤大雅的恶作剧。可这下子这位复仇心切的伙计却毁坏起自己的财产来了。

"噢，天哪，麦克纳特先生，别这么做！"帕琪害怕得叫起来。

"我偏要！"麦克纳特固执地说道，"利用这次机会，我至少要向丹·布莱利报我的一箭之仇，以后有机会也肯定不会放过！"

"可是这么做不对，这么做太坏了！"贝丝抗议道。

"那也不行，我已经管不了那么多了，我要让他那一毛五的西瓜看起来连一分钱都不值。"

"算了吧，姑娘们，这就是所谓的复仇法则吧。可怜的佩吉明天就会后悔的。"露易丝小声说。

麦克纳特一点也没有起疑。他对自己的瓜田还算了解，整个夏天也时不时地去地里干活。不过他从来没有从瓜田后边翻过篱笆进去过，所以这次行动时看瓜田的视角与平时完全不同，再加上天色又黑，他就彻底被蒙骗过去了。

麦克纳特继续忙活着，遇到特别大的西瓜，他就把瓜扛到马车上。麦克纳特看来对布莱利憎恨已久，不一会儿功夫，整个瓜田就被毁得一塌糊涂，而幸存的大个的西瓜，则都放在了马车里。

贝丝给马儿解开绳索，几人又回到了马车上，麦克纳特和露易丝一起坐在后排。这下子车里都是西瓜，都快要没有地方放脚了。终于，马车再次出发了。麦克纳特非常高兴，一副扬扬得意凯旋而归的表情，还哼着小调，弄得几个姑娘非常后悔，毕竟麦克纳特心爱的瓜田已经毁于一旦了。

"我记得他家有一只狗来着，不过今天好像拴起来了。"麦克纳特边笑边说道。

"我也不敢完全确定那就是布莱利的瓜田，毕竟天太黑了。"贝丝说。

"没错，那就是他家的，"麦克纳特说，"你看那西瓜不上档次的德性就知道，肯定是他家的，都不够大。这些瓜和我种的简直没法比。"

"你真的确定吗？"露易丝问。

"那是一定的，我可是鉴定西瓜的专家，一看就知道。"

"可今天晚上大家都看不见呢。"贝丝说。

"有时凭感觉也是很准的。"麦克纳特信心十足地说。

马车又到处转悠了几圈，看距离差不多了，贝丝才又把马车停到了麦克纳特家门口。

"我就只拿我的那一份。"麦克纳特边下车边说，"虽然是布莱利的瓜，不值什么，不过我和我老婆这下子起码不用吃自己的了，没准可以把我的西瓜卖给山姆·科丁。"

麦克纳特实际上拿的比他的那份还多，不过大家都没有怨言。现在大家都在使劲憋住不要笑出来呢。虽然这件事的结果等到明天就会暴露，不过眼下这情形之荒谬，毫无疑问还是叫人忍俊不禁。

"今天晚上过得真是太高兴了。"麦克纳特说，"那就晚安了，姑娘们。要是你们不是有钱人家的孩子，就能成为了不起的家伙。"

"谢谢您了，麦克纳特先生。晚安。"

离开梅尔维尔好大一阵，几个人才终于不再憋着，尽情哈哈大笑起来。夜幕下的山谷和平原上，姑娘们胜利的笑声几不可闻。

第二十五章　终于等到了好消息

这次瓜田冒险过去的第二天早上，约翰就收到了城里寄来的一个厚厚的信封，里边是博格树林的调查结果。似乎这家约翰控股很多的公司认为这片树林有很高的价值，一直在试图找到这片树林的拥有者，好从对方手里把树林买过来，或者至少购买木材的砍伐权。可是虽然他们找到了好几个树林以前的所有者，但是在约翰带来新线索之前，仍然一直没有找到现在的所有者是谁。一年前，为了弄清这片树林的财产所属，这家公司付清了这片树林过去两年里拖欠下来的税款，而现在，有了新线索，他们很容易就查出，这片树林的所有权从一个名叫查尔斯·沃尔顿的人手里，转到了乔纳斯·韦格和威尔·汤普森手里。虽然这笔交易本身的文件找不到，不过约翰认为，县里的记录应该足够证明，只要没有人抗议，埃塞尔和约瑟夫的确拥有这片树林的所有权，而且看样子应该不会有人提出有力的质疑。

约翰邀请埃塞尔和约瑟夫和他共进晚餐，厨娘玛丽也特地为他们烹饪了最拿手的菜肴。这对年轻人来赴宴的时候，完全不知道他们即将收获的不仅仅是一顿可口的晚餐，也不仅仅是和农场热心的朋友们共度愉快的时光。约翰一家异常欢乐的气氛也感染了两位年轻的客人，这么一场热闹欢腾的聚会，也算不辜负玛丽精湛的厨艺了。

最后有一道水果就是冰镇西瓜片。西瓜上来的时候，三个女孩子面面相觑，都有点愧疚的神色，同时又竭力遏制住想笑的冲动。而这似乎有点不得体，毕竟在场的其他人都不明白背后的原由。不过接下来有了约翰精心准备的"节目"，大家也就很快忘记了这点小事。

约翰邀请大家到宽敞的右厢房一聚。大家刚刚坐下,约翰就清了清嗓子,发布了他的开场白。

他重新梳理一遍了韦格船长和老汤普森投资的经过。二人先是在鲍勃·韦斯特的怂恿下入伙,但是后来还是决定进行另一项投资,而从韦斯特的埃尔马克投资项目中撤出来。

这一番话,让约瑟夫和埃塞尔都瞪大了眼睛,却什么都没有说。

"埃塞尔,我不知道你的爷爷是怎么知道另一项投资的消息的,但是他的确对这个项目重视得多。这一笔投资的项目是博格树林,由韦格和汤普森用他们从埃尔马克投资项目撤出来的钱买下来的,现在仍然在他们名下。"

接下来,约翰坦白了他对五金店老板鲍勃·韦斯特的错误怀疑,并告诉了大家和韦斯特会面后得到的细节,以及韦格船长去世、汤普森突然发疯、瘫痪的经过。

约瑟夫证实了当时的场面,现在明白为什么韦斯特当年带来是"好消息",却会导致他的父亲突然去世。这好消息指的当然是韦格和汤普森由于撤出投资逃过一劫。那个时候,大家还不知道报纸上的消息登错了。

最后,等这一切都交代清楚后,约翰宣布,皮尔斯—莱恩木材公司很愿意买下博格树林的砍伐权,或者也可以一次性付给他们二十万美元买下树林。不过约翰没有提,是他亲自为这笔交易做担保,因为他觉得这也无关紧要。

可想而知,听到这一消息,约瑟夫和埃塞尔会多么开心。他们几乎不敢相信这是真的,甚至当约翰·梅里克这位老绅士激动地含着热泪祝贺他们的时候,也还是觉得难以置信。少校也高高兴兴地向他们表示祝贺，三个姑娘和埃塞尔开心地抱在一起，告诉她她们有多么为她高兴。

"先生，这么说，我们还是接受出售特许权的提议比较好，是不是？"约瑟夫竭力平静下来说道。

"那是当然，孩子，"约翰说，"既然我手下的人愿意出二十万美元，那么想都不用想，这片林子值的钱肯定比这多得多。经理还私下写信跟我说，如果我们按照特许权费用支付，花的钱至少要多出一倍呢，不如一下子买断。"

"既然是这样，那不如我们还是一下子卖……"约瑟夫还没说完，约翰就打断了。

"别胡说了，公司出得起特许权费用。约瑟夫，这片林子的木材很赚钱，比我想的还赚钱得多。我的重要任务之一是好好管理手里已经赚到的钱，然后……"约翰没说完，又被少校打断了。

"没有我的帮助，他也办不成，"少校说道，"不要怕占他的便宜，约瑟夫，只要能占得到就不要错过，而且我还怀疑到底他会不会真的损失什么呢。梅里克先生已经富得可以了。"

"那倒是，"约翰叹了口气，"那么我们就买特许权吧，约瑟夫。我们会按照支付给鲍勃·韦斯特埃尔马克树林的比率支付给你的。不过我肯定你这边的收益比他那边要好，所以你的收入足够你和埃塞尔的花销了。"

大家坐在一起又庆祝了一会儿。不过约瑟夫还是得早点赶回旅店去，毕竟他还没有完全康复，得早些休息。

"我走之前，梅里克先生，我想要拿回母亲的照片。照片应该还在保险柜的那个秘密抽屉里吧？现在有了钥匙，而且埃塞尔也一直想看看我母亲的模样呢。"

约翰立刻走到柜子前,打开了门,约瑟夫也走上前去,找到了抽屉里的照片,照片就在埃尔马克股票的下边压着。

大家很快就传阅起来。只见照片上的女子甜美动人,神情却有些落寞,目光非常吸引人,小巧的嘴唇似乎在诉说着什么,即使在静态的照片里,看上去也是那么的哀婉动人。

照片传到露易丝手里的时候,她自己也不知为何,鬼使神差地把照片翻转了过来。

"背后写着什么?"露易丝说。

约瑟夫立刻俯下身读了起来,并且认出这是父亲的笔迹。

"按下秘密抽屉左下角的弹簧。"

"哈!"约翰兴奋地叫起来,其他人则不明就里地盯着他,"这就对了!这就是我们一直在找的东西!"

约翰边说边立刻跑到柜子前,大家也马上围拢过来。只见约翰伸出手,找到弹簧,按了下去。

抽屉的底部立刻抬了起来,下边原来还有一个秘密夹层。约翰从里边找到一个长方形的信封,信封用红色的带子绑着。

"终于给我们找到了,约瑟夫!"他激动地说,一边把信封高高地举过脑袋晃来晃去,然后大声读起了信封上的话,"'查尔斯·沃尔顿与乔纳斯·韦格和威尔·汤普森的财产转让契约',约瑟夫,这下子麻烦全结束了,这就是你通向财富大门的钥匙。"

"还有还有,这下子也解释清楚了韦格船长神秘事件的最后一个悬念。原来我们忙活了半天都是瞎忙活!"露易丝对两位表妹小声说。

"这可不是瞎忙活,亲爱的,"帕琪轻声说,"我们帮助这对年轻人获得了幸福,这就足够作为我们辛苦半天的回报了。"

　　　　* * * * *

这时候突然传来敲门声,老哈克斯走了进来,递给约翰一张纸。

"他在那等着哪,先生。"老哈克斯有些含糊地说。

"汤姆!汤姆!"约瑟夫激动地朝着老哈克斯叫起来,一边叫还一边用双臂搂住了老哈克斯的脖子,"我发财啦!什么问题都解决啦!这多亏了梅里克先生,是他为我和埃塞尔做了这么多!"

老哈克斯脸上依然挂着他那仿佛千年不变的笑容,但是可以看出他的眼神是那么温柔。他眼睛里挂满了泪水,激动地和约瑟夫紧紧拥抱在一起。

"感谢上苍,约瑟夫!我就知道,这位梅里克先生一定会给我们带来好运!"老哈克斯用他那低沉的嗓音说道。

此时,约翰手里拿着那张老哈克斯拿来的纸,气哼哼地四下张望,一边问道:"这是个什么鬼东西?"

"这是什么?"露易丝问。

"你自己看吧。"约翰说。

于是露易丝接过那张纸读了起来,帕琪和贝丝也跑过来,从露易丝的背后好奇地看着纸上的内容,只见这张脏兮兮的纸上歪歪扭扭地写着:

"致约翰·梅里克先生,马歇尔·麦克马洪·麦克纳特敬上。

第二十五章 终于等到了好消息

你家的小姑娘砸了一百六十二个西瓜，五毛一个，一共八十一美元。请赔钱，这事就算了了。"

姑娘们马上炸开了锅，哈哈大笑起来，笑得眼泪都出来了。约翰看着她们这副样子，也忍不住跟着笑了，并让她们说说到底是怎么回事。

于是帕琪用自己特有的幽默，将前一晚的西瓜事件绘声绘色地讲给约翰听，在场的每个人都忍不住笑了，麦克纳特的账单带来的紧张气氛也一扫而光。

"你是说他还在等着是吗，托马斯？"约翰问道。

"是的，先生。"

"喏，这有五美元，你带给他，让他接受。如果他拒绝，那么咱们就法庭上见。麦克纳特那家伙是个无赖，做生意方面也笨得可以。不过怎么说我们也吃了几个他的西瓜，孩子们从中得到的乐趣也值五块钱了。不过一定要让他明白，这件事就到此为止了。"

托马斯遵照了约翰的嘱咐。

麦克纳特翻了翻白眼，跺了跺脚，表达他的愤慨和心满意足，接受了约翰的钱。

"哈克斯，瞧我这一下又多弄了五块钱。"他边说边咧嘴一笑，"可是要是我们不让他们出点血，要这些有钱人在这还有什么用呢？"